みっちゃんの、春・夏・秋・冬物語

奥田詳子

OKUDA Sachiko

文芸社

もくじ

みっちゃんの、春・夏・秋・冬物語

――プロローグ――

雪どけの土にフキノトウがつぼみをのぞかせ、やがてあたりの木々が芽ぶきはじめてきた。野には、なずな、よもぎ、タンポポ、つくし……、いつも忘れずに春の訪れを知らせてくれていた。

四季おりおりの自然豊かな地で生まれたみっちゃんにも、一九五三年、一年生の春がやってきた。家族は戦災で家を失い、疎開していた広島県の山あいで暮らしはじめたばかり。多くの家庭がそうであったようにとても貧しかった。両親は山をたがやし畑をつくった。陽あたりにも恵まれない田や畑での農作業、なれない山仕事などの苦難とたたかっていた。家族みんなで、力を合わせなければ生きていけない、そんな毎日があたり前の時代だったのかもしれない。

七人きょうだいの末から二番目に生まれたみっちゃんは、ランドセルを背おい毎日元気に学校へ通った。山あいの辺《へん》ぴな地、通学には四キロの道を歩かねばならない。幼い子どもには遠かった。ことに雪のつもる冬、だれひとり歩いた気配も足あともない山道はきびしい。それでも、みっちゃんは学校へ通うのがうれしくて、うれしくてたまらなかった。人ひとりしか歩けない、曲がりくねった山道をのぼり、くだる。細い山道をぬけると広い砂利《じゃり》道に出た。気がつけば、みっちゃんはいつも走っていた。走りぬけて、走りぬけて……。冬の後には忘れずに春がやってきてくれた。

一年生になったみっちゃん。そして、みっちゃん一家は貧しさやいじめにも負けなかった。七人きょうだいがそれぞれ道に迷うことなく育ったのは、どうしてだったか、みっちゃんは子ども時代をふり返ってみることにした。

1　春、一年生

もうすぐ入学式。

「あといくつ寝たらランドセル買いに行くの？」

みっちゃんは、お母さんとランドセルを買いに行くのを楽しみに、指おり数えて待っていた。

いよいよ、その日がやってきた。そのころ、田舎《いなか》ではご飯は薪《まき》で炊《た》いていた。みっちゃんの家では山で木を伐《き》り、薪をつくって売っていた。けれども、薪はまだ山の上に積まれたまま。お母さんは店の人と交渉して前金をもらい、そのお金でランドセルを買うつもりで町へ出かけたのだった。

薪には火力が強く値段も高く売れる、堅《かた》い木のクヌギや松の木などがある。そのとき、お父さんはクヌギの薪しかつくっていなかった。でも、店の人は「うちは、松の割り木がほしい」とお母さんに言った。

「クヌギではだめなんですか？」

お母さんが聞くと首を横にふっていた。店の人からお金をもらえず、お母さんはみっちゃんのランドセルも買うこともできなかったのだった。

幼い頃からみっちゃんは、大人の会話にいつでも聞き耳をたてる子どもだった。だから、店の人とお母さんの話を一言も聞きのがさなかった。

「なんでー、お父ちゃんは松の割り木作らんかったん？　松の木だったらほしいって、店の人が言っていた。松の割り木を作っていたらランドセルを買えたのに。堅木《かたぎ》のを作るからいけんのや！」

町から四キロ歩いて帰る道、みっちゃん流のりくつをこねて、大泣きしたのだからお母さんはたまらない。

「一年生になってもすぐには、ランドセルは使わない。勉強が始まるまでには必ず買ってあげるから……」

お母さんはみっちゃんをなだめすかしながら、ようやく家にたどり着いたのだった。

四月一日入学式。

ランドセルを背おっている子は、やはり、だれひとりいなかった。それでも、お母さんは約束を守ってくれた。どこかでお金を工面《くめん》してきて、ランドセルを買いにお姉ちゃんを町まで走らせ学校まで届けてくれた。家から町まで、町から学校へは十二キロもある山道、砂利道なのに。入学式が終わるとみっちゃんは、赤いランドセルをひとり背おい、スキップして帰ったのだった。

みっちゃんが入学した小学校は、火事にあい、急いで建てられたばかりだった。講堂はなく、仕きり戸をはずした教室で、新入生六十人の入学式。雪の積もる冬には廊下《ろうか》に粉雪が舞い、教室のかたすみには炭火をいれた火鉢《ひばち》がひとつ。休み時間には先生と子どもがいっしょに、おしくらまんじゅうや鬼ごっこ遊びもした。雪合戦の後には火鉢をかこみ、交替しあってかじかんだ手をあたためる。朝、みっちゃんは、いつも、ねむい目をこすりながらランドセルをゆらして、五年生のお兄ちゃんのあとを追って走った……。

そのころ、子どもはもちろんのこと、農作業をしている大人でも、時計を持っている人はだれもいなかった。学校に行く途中で時間を確かめられるのは、山道から広い県道の砂利道に出た所にあった、村役場の柱時計だった。

「うわー、もう、こんな時間！」

時計を見たみっちゃんたちは、いつも大あわて！　走って、走って、走った。走りつかれて少し歩をゆるめていると、こんどは、後ろの方から、

「遅刻するぞー」

大きな声！　先生だ。となりの町からペダルをふみ、自転車で追いぬいていく先生の後を追って、また、走った。しばらくすると大きな曲がり角が見えてくる。学校はもうすぐだ。校舎だ。運動場も見えてきた。

（あー、もう、朝礼がはじまっている！）

毎日、学校へ走って通うみっちゃんたちを、先生が見てくれていたからか、遅刻を注意されたことはなかった。でも、朝礼の始まっている列のうしろに並ぶときの気はずかしさ、うしろめたさ、それはとても大きかった。

山の開拓地での暮らしは、学校に通う子どもにとっても想像以上にきびしかった。

2　給食のパン　――麦の思い出――

学校給食がはじまったのは、二年生のときのことだった。それまで、みっちゃんは、家で小麦粉とふくらし粉をこね、炭火を入れた七輪《しちりん》に、フライパンをのせて焼いたパンしか食べたことがなかった。

（パンって、おいしいのかな……？）

初めての給食の日、みっちゃんは少しだけ心配していた。家で焼いたパンはアツアツでもかたくて、冷めるとなかなか嚙《か》みきれなかったからだ。

だけど、給食のパンはふわふわとやわらかくて、もう、みっちゃんは、次の給食の日が待ちどおしくて、家にいる弟にも分けてあげたくなっていた。

週一回だった給食が、高学年と低学年が交代で週三回になったばかりのときのことだった。六年生のお兄ちゃんが、大きなコッペパンを丸ごと一個残して帰ったことがあった。

（お兄ちゃんはパンがきらいなのかな？）

みっちゃんは、ふしぎで、ふしぎでたまらなかった。

だけど、学校からの帰り道、お兄ちゃんは、みっちゃんにパンを見せびらかして、おいしそうにパクパク食べながら言った。

「いいこと考えた。家が遠いのでお腹《なか》がすく。このパンを半分あげるから、明日はみっちゃんがパンを残して帰るように……」

次の給食の日、みっちゃんは困ってしまった。先生は、みんなパンを食べているか見て回っているし、落ち着いて食べることもできなかったのだ。本当のところ、みっちゃんは、全部食べたかった。がまんして、ほんのカケラほどのパンを、こっそり残して持って帰ったのに……。

「たった、これだけ？　もう、明日は、みっちゃんには分けてやらん！」

お兄ちゃんにはあきれられ、みっちゃんは怒られてしまったのだ。

（遠いどこかの国では、毎日パンを食べている人たちがいると、お姉ちゃんが言ってた。もし、その国の子どもに生まれていたら、お兄ちゃんに怒られることもないのに……）

毎日パンを食べている人たちが、みっちゃんはうらやましかった。

パンが大好きになったみっちゃん。米や麦にもいろんな思い出がある。家では米も植えていたが、一年中食べるには足りなかった。毎日麦の入ったご飯を食べていたので、麦ご飯はおいしいと思っていた。でも、みっちゃんはあるとき気づいた。台風や害虫の被害でお米がとれないときには、ご飯の中の麦がどんどんふえてきた。米6と麦4の割合だったらまだおいしい。でも、米が3で麦が7ぐらいのときもあった。麦が多いほどご飯をおかわりしても、すぐにお腹がすいてくる。みっちゃんは、やっぱり、米のご飯が一番おいしいといつも思っていた。

「麦ご飯でもいいから、とにかく、子どもたちには、お腹いっぱい食べさせてやりたい」

いつもそんな風に言っていたお母さんが、子どもたちの誕生日には、それぞれ好きなものを作ってくれることになった。みっちゃんはいろいろ考えた。

（麦の入っていないご飯は、運動会で食べた巻き寿司《まずし》。でも、海苔《のり》は……、きっと高いからムリ！　カレーに、麦は入っていた？）

みっちゃんは迷っていた。すると「カレーにする！」と言って、お兄ちゃんに横どりされてしまったのだ。しかたなく、みっちゃんはちらし寿司に決めた。そのときから、みっちゃんの誕生日のお祝いには、麦もまざった寿司のご飯に、高野豆腐《こうやどうふ》にかんぴょう、油揚げと人参《にんじん》が入ったちらし寿司になった。

ちらし寿司を食べるたびに、

（本当は、巻き寿司やカレーが好きなのに……）

みっちゃんは、いつも少しだけ損した気分になるのだった。

麦ご飯に入れる大麦のほかに、小麦を植えていたこともある。みっちゃんは、いつもとはちがう麦の穂に気づいた。小麦の穂は細長くピーンとしていて、長いヒゲのようなものをつけて、何だか少し気取っている。

「新しい麦？　この麦はおいしいの？」

「それはね。麦の取り入れがすんでからの、お・た・の・し・み！」

お母さんは、ないしょ話をするみたいにおしえてくれた。

麦の取り入れが終わると、農家では田植えの準備をはじめる。六月になると、みっちゃんの家の米びつはいつも空《から》っぽだった。害虫や台風の被害などにあうと、三月には、もう米は、すっかりなくなっていた。だから、収穫したばかりの麦がいっぱい入ったご飯になってくる。お釜《かま》の中はいつも身の中央に黒い線の入った、大麦だらけのご飯。そこに、新しい小麦が仲間入りしてきてくれたのだ。

収穫した小麦を製粉所で粉にしてもらい、パンを作ったり、製麺《めん》所で生の玉うどんに交換してもらったこともある。

（給食のパンみたいにやわらかいのかな？）

みっちゃんはとても楽しみにしていた。でも、ふくらし粉をいっぱい入れて焼いても、家でとれた小麦粉のパンは、やっぱりかたかった。だけど、ゆでるとぬるぬるした黒い団子汁《だんごじる》みたいな干《ほ》しうどんと違って、生の玉うどんは、びっくりするくらいおいしかった。みっちゃんはおかわりもして食べた。お母さんは、小麦粉にはパンやケーキ用などいろんな種類があることを教えてくれた。

3　バナナの皮

いつもお腹をすかせていたみっちゃんには、宝物のようなバナナの思い出がある。お母さんは町へ用事があると、遠い道をひとりで歩くのがいやだったのか、それとも、町のようすを見せたいと考えてか、子どもたちを交代で町まで連れていってくれた。

ある日、野菜の種や苗などを買いに、町へ行ったときのことだ。みっちゃんは、店先に二〜三本のバナナがつり下がっているのを見つけた。

（あれが、バナナ……？）

みっちゃんはバナナをちらっと見て、きいた。

「お母ちゃん。バナナの皮は、よくすべるん？」

「うーん。どうして？」

お母さんは少しいぶかしそうだった。

「先生が言っていた。バナナの皮が捨ててあったのを知らずにふんで、スッテンと転んで、尻もちついた人がいたんだって。痛かったかな？」

「そりゃあ、尻もちついたら、だれでも痛いわ。ふふふ。バナナね……」

お母さんは、なんだか少し笑っているみたいだった。そのうち、みっちゃんはすっかりバナナのことは忘れていた。町での用事をすませ歩いていると、さっきの店だ。お母さんが聞いている。

「バナナ一本いくらですか？」

店の人はすぐに、バナナを天びん秤《ばか》りにのせていた。

「八十円です」

（えー、八十円も！）

みっちゃんの目は、もう、飛びだしそうだった。でも、お母さんは、財布をチラチラのぞくと、すぐにバナナを買っていた。そして、店を出ると、

「ほかの子にはナイショやで。バナナの皮で尻もちつくんかな？」

お母さんがそう言ってくれたので、みっちゃんは試してみた。だけど、バナナの皮は、ちっともすべってくれなかった。

「みっちゃんは、バナナの皮を心配そうにして、こわごわふんでいたからね。もし、皮が落ちていたのを知らずに、走ってふんづけていたら、すべって転んで尻もちついて、大泣きしてい

たかもしれないね」

お母さんは笑顔だった。


次の日、みっちゃんが学校から帰ってくると、

「高いバナナを買ってもらって、ひとりで食べて、バナナの皮ですべって遊んだやろー。ウソついてもわかる。ちゃんと顔にかいてある！」

お姉ちゃんがいじわるそうに言ってきた。

（なんで知ってるんだろう。お母さんと、だれにもしゃべらないと約束していたのに……。ねごと？）

みっちゃんは、もう、ふしぎで、ふしぎで、たまらなかった。

その晩、子どもたちが寝静まると、町で食べたバナナのことを、お母さんがお父さんに話していたのを、みっちゃんは聞いてしまった。お母さんは、ナイショと言ったのに、お父さんに話したからバレたんだ。お米一升（三・七五キロ）百円、バナナ一本八十円。町でバナナを売っている店はめずらしく、あまり見かけることはなかった。

あたたか～い、どこか遠い南の国では、一年中いつでもバナナを食べられるところがあると聞いたことがある。こんなにおいしいバナナを毎日食べている人たちがいるなんて、みっちゃ

んには信じられなかった。

（いつか、大きくなったら、バナナのなる国に行って、お腹いっぱい、思いきりバナナを食べてみたい！）

それは、みっちゃんの、大きな、大きな夢となっていた。

バナナのことを思い浮かべているだけで、みっちゃんは、何だかとても幸せな気分になってくるのだった。

4　牛のバーバー

人里はなれたみっちゃんの家には、訪れる人はめったにいなかった。お父さん、お母さんは、米つくりに山や畑の仕事、朝から夜おそくまで休む間もなく働いていた。

お米の取入れが終わると、家族でうら山をこえて薪つくりに行った。

日曜日、みっちゃんたちが山につくと、「カーン、カーン」と丸太を割る音が大きくこだまし、そばには、もう薪が高く積まれていた。朝早く起きて、毎日山仕事にでかけていたお父さんは、木を伐り、五十センチくらいの丸太にして乾燥させ、薪つくりの準備をしてくれていたのだ。

薪をたばねるのは、お母さんと大きいお姉ちゃん。みっちゃんと弟も針金の輪っかに薪を一本一本つめてたばねるのを手伝った。輪っかに薪をきっちり詰めるのはむつかしい。きつすぎると「パーン」と輪っかがはじけて切れてしまい、反対にゆるすぎると、薪を運ぶときに束《たば》がくずれて、薪がぬけ落ちてしまう。束がくずれないように、割りさいた薪の断面を合わせて詰めていく。仕上げは、いつもお母さんがしてくれていた。山から薪を背負《しょ》いこに積んでふもとに運ぶのは、お兄ちゃんとお姉ちゃんだった。

春になると、まだ水も冷たい田んぼで苗代《なわしろ》作り。水田に籾《もみ》をまいて苗を育てる。六月には、十五センチくらいまで伸びてきた苗を、こんどは、水を張った田に植えかえをしていった。

お父さんは牛で鋤《すき》を引き、田をたがやした。土を細かくくだきドロドロにして、水を張ると水田ができる。家族みんなで、苗が折れまがらないように指をやさしくそえてやり、四、五本ずつ植えていった。幼いみっちゃんと弟は、お父さんの苗運びのてつだいだった。

家で飼っていた牛は「バーバー」と呼ばれて、とてもおとなしくて働きもの。牛は田や畑をたがやすだけでなく、荷車に米や麦、肥料などの重い荷物を積んでひっぱる姿がわすれられない。

家は山の中ほどにあったので、坂道で荷車を引いて運ぶときは、牛は「ハーハー、ハーハー」と大きな息をして、とても苦しそうだった。雨ふりの後のぬかるんだ道では、足をすべらせてはふんばって、一歩、一歩、ゆっくりのぼっていった。

お父さんはときどき休ませて話しかけていた。

「バーバーよ。もう少しのしんぼうやで。がんばってくれよ！　よーし、今日は、特別にほうびや。糠《ぬか》をいっぱい入れたご馳走《ちそう》をやるからなー」

まるで子どもに話しかけるように、頬《ほお》と頬をくっつけては、牛をやさしくなでてやっていた。

みっちゃんも荷車のうしろから、

（牛さんが少しでも楽になりますように）

と思いながら力いっぱい押した。夏には草刈りや草ぬき、秋になると稲刈りに取入れと、農家の仕事は一年中たえることはなかった。

5　タバコと三十円のボール

農作業に薪つくりと、いそがしい毎日を送っていたみっちゃんの家では、新しい仕事、タバコ作りをはじめた。上のお兄ちゃん二人は高校を終えて、働くために都会へ出ていっていた。けれども、家にはまだ五人も子どもがいたので、なかなか米も学用品も買えず、両親はもっと現金収入が必要だったのだ。

タバコを育てるのは、種をまき大きな葉を育て収穫する、とても手間のかかる作業だった。秋の終わりにうら山で落ち葉をかき集め、牛ふんの入った堆肥《たいひ》とまぜて苗の床《とこ》をつくる。やがて苗床《なえどこ》の土は発酵し、冬でも凍らない温床《おんしょう》となり、土は栄養いっぱいの腐葉土《ふようど》になる。

一月、苗床の土があたたかくなり、温床になるころにタバコの種をまき、保温と霜《しも》よけにシートをかぶせる。後は芽が出てくるのをまつばかりとなっていた。

苗床の土を、みっちゃんは、そーっと、さわってみた。とてもあたたかだった。

温床の観察と水やりも欠かせない。シートを取りはずし、ジョウロで水をやさしくかけてやる。苗床からはまるで地下ふかくから温泉でもわき出ているかのように「ホワ〜、ホワ〜ン」と、白い湯気がのぼっていった。

やがて、タバコは芽を出し双葉に成長してくる。すると、雑草も負けずに生えてくるので大いそがしだ。草ぬきはお母さんの仕事。竹で作ったピンセットで、葉を傷《いた》めないように一本一本ていねいに草をぬいた。みっちゃんも小さなピンセットを作ってもらい、お母さんのまねをして草ぬきをてつだった。

春になると、タバコの苗は大きく伸びていった。温室暮らしはもう卒業だ。お父さんは、急な斜面のだんだん畑をたがやし、タバコを畑に植えかえる準備をはじめた。山あいの日暮れは早い。昼間は薪作りで忙しいお父さんは、月明かりで夜なべをして畑をたがやした。かたい土をひと鍬《くわ》、ひと鍬たがやし、土を盛り上げ畝《うね》をつくった。あとは、苗床のタバコの成長を待つばかりとなっていた。

雪が消え、少し陽が長くなってくると、タバコの苗を温床から運び、畑に一本一本植えかえをして袋をかぶせた。そして、やがて、袋を取りのぞいていく。

しかし、とつぜん霜がおりたり、あられがふったりすることもある。霜でタバコの葉はちぢれ、あられは葉っぱに大きな穴をあけてしまうのだ。夜中に子どもたちも起こされ、家族みんなで袋をかぶせた日もあった。

いく種類もの手のかかる作業をへて、タバコは夏に向かいぐんぐん伸びていった。

茎が大きく伸びるにつれて、葉のつけ根には新しい芽が出てくる。芽に養分を取られると、りっぱな葉が育たない。早めに芽を摘み取ってやらなければならないのだ。だから、みっちゃんたち子どもにも、学校から帰ると、何かしらいつも手伝いが待っていた。タバコの芽を摘むのはヤニのにおいがくさくて、指も爪もヤニで茶色に染まり、洗ってもなかなか落ちないのでみっちゃんはだいきらいだった。

やがて、タバコは収穫期に向かい、ヒマワリのように大きく葉を広げていった。


夏休みになると、いよいよ一番手間のかかる葉の取り入れがはじまる。葉っぱの摘みとりはお父さん。タバコの葉には名前があり、摘み取る葉の順番もあった。太陽に一番近いてっぺんの葉は「天葉」。きっと、太陽の恵みをいっぱいもらって高級品だったのだ。

「みっちゃん。天葉、中葉、土葉、やぶらんように運んだってやー」

お父さんはタバコの葉を一枚一枚、大事そうに渡してくれた。ほかにもアニ葉やアネ葉という名前の葉もあった。ふしぎなことに「みっちゃん」という名前の葉っぱもあったのだ。

「土葉の上の、その上の葉は、みっちゃんの葉っぱやでー。大事に運んっだってやー」

ダジャレが好きで、いつもおもしろいことを言っては笑わせてくれていたお父さんは、末から二番目のみっちゃんになぞらえて「みっちゃんの葉っぱ」と名前をつけてくれたみたいだった。アニ葉はお兄ちゃん、アネ葉はお姉ちゃんと、かってにそれぞれ名前をつけていたように。

摘み取った葉は、同じ名前のものを、みっちゃんと弟が段々畑のはしっこに集めた。そして、それらの葉っぱを背負いこに積んで運ぶのは、中学生のお姉ちゃんとお兄ちゃんだった。

夏の強い日ざしの中で、タバコの収穫作業は本当につかれる。夕立にあわないように天候に気をくばり、のどがかわくのも忘れて、みんな一生けんめいに働いた。

とりわけ暑い日に、いそがしいお母さんに代わって、みっちゃんは弟とわき水を汲《く》みに行ったことがある。水汲みには、お母さんといつも行っていた。だから、みっちゃんは、冷たいわき水の出る、水汲み場はよく知っていた。畑の中の細い道をくだって、のぼり、また、急な坂道をくだる。今度は、水田の間の細いあぜ道をわたると、向かい山のふもとにあった。

水汲みのお使いをたのまれたみっちゃんは大はりきりだった！　大きなヤカンを手に持ち、ルンルンスキップして行った。後を追い弟もやってきた。けれども、帰りは急なのぼり道。水を入れるとヤカンは重かった。

はじめ、みっちゃんは弟と横に並んで、水をいっぱい入れたヤカンを運んでいた。ところがしばらくすると、急な坂の人ひとりしか歩けないのぼり道。幼い弟はすわり込んでしまった。しかたなく、こんどはみっちゃんがひとりで運ぶのだ。両手でヤカンを高く持ちあげ、水をこ

ぼさないように、たいらな地面をさがし、歩いては休み、休んでは歩き、ようやく畑にたどり着くことができたのだった。

「冷たぁー。生きかえった！　みっちゃんが汲んできてくれた水は、ほんとうにおいしいのー」

お父さん、お母さんが、お代わりもして飲んでくれた。見ると、みっちゃんの顔もスカートも、ヤカンの煤《すす》で真っ黒けになっていた。

わき水場へは往復、一・五キロの道。休むまもなく働くお父さん、お母さんに、おいしい水を喜んでもらえて、みっちゃんは満足だった。

摘み取ったタバコの葉は、家の周りの高野槇《まき》や紅葉《もみじ》の木かげにはこばれた。次に、長い縄《なわ》ひもに一枚一枚タバコの茎をはさみ込んでいくのは、お母さんと大きいお姉ちゃんの仕事だった。

暑くて、長〜い一日がようやく終わり、夕暮れどきにはそよ風が涼しそうにふいていた。紅葉の木々の間に、縄ひもを結んでつるしたタバコの葉は、ぶら〜ん、ぶら〜ん気持ちよさそうに揺れている。やがて、夕日が沈み、西の空いち面が、うす紫色の空にかわっていった。

ふと見ると、山の端《は》には一番星がポツンと出ていた。

涼しい間にと、朝早くからはじめたタバコの収穫作業。ほんとうに長い一日だった。

けれども、お父さん、お母さんの仕事はまだ終わらない。タバコの葉の乾燥作業が残っていたのだ。縄につるしたタバコの葉を、タックを取るようにおり重ね、両手にかかえて、お父さん、お母さんは、乾燥小屋まで何度も、何度も運んだ。二昼夜薪を燃やし続け、タバコの葉を乾燥させる。小屋の中を決められた温度に保つためには、火が消えないように、夜の間も見守らなければならなかった。

タバコの葉は、何日間かかけてひもに一枚ずつつるして外で干す方法もあった。けれども、夕立がふり、葉っぱがぬれてしまうと大変だ。高温でいっきに乾燥させると、高く売れたのかもしれない。だから、みっちゃんの家ではお金をたくさん使い、乾燥小屋も建てたのだった。

夏休みの手伝いはいやだったが、みっちゃんたちの一番の楽しみは、あいまに泳ぎに行くことだった。暑い昼間は仕事もひと休み。急いで昼ご飯をすませると、お兄ちゃんが向かいの山の中ほどにある貯水池へ、いち目散に走っていった。後をおい、みっちゃんと弟も草がぼうぼうのあぜ道、山道をひっしにおいかけた。

貯水池への最後の上り道はきつかった。

池の真ん中あたりでは、もうお兄ちゃんは隣の村から来ていた友達とキャーキャー楽しそうに泳いでいる。みっちゃんもすぐにドボーン。水は冷たくて気持ちよかった。池はすり鉢のように、真ん中あたりはとても深くなっている。小さい子は、まず、池のあたりの草をつかみ、足をバタバタさせる。バタ足泳ぎの練習だ。少し泳げるようになると池に浮かぶ太い丸太ん棒につかまり、大きい子に池の中ほどまで連れていってもらった。

みっちゃんもいつかは上手に泳ぎ、向こう岸までわたるのが夢となっていた。

ある日、山から材木用の長い丸太を引いて運んでいた牛が、向こう岸でヨロヨロしたかと思うと、丸太と共に『ドボーン！』。足をすべらせ、池に落っこちてしまったのだ。

「うわー！」みっちゃんたちはみんな、大きな悲鳴をあげた。だけど、牛はぜんぜんあわてない。スーイ、スイ。すました顔して気持ちよさそうに岸辺まで泳ぎついた。

牛が泳いだあとには、キラキラとさざ波がたち、そばには長い、長〜い、丸太ん棒が数本、プカ〜リ、プカ〜リと浮かんでいた。

「わー、牛って、すごいんだ！　上手に泳げるんだ！」

みっちゃんは大発見したのだった。

夏休みにあった村の盆踊りも楽しかった。タバコの葉の摘み取り作業のあいまに、家族みんなでうら山をこえて行った。お母さんがぬってくれた浴衣《ゆかた》を着せてもらい、みっちゃんも輪の中に入れてもらって踊った。

「月がでたでた、月がでた。あんまり煙突が高いので、さぞやー、お月さん煙たかろう……、さの、ヨイ、ヨイ……」

やぐらを囲んで炭坑節《たんこうぶし》にあわせみんなで輪になってグルグル回る。みっちゃんは、

（お月さんは、どうしてそんなに煙がきらいなのかな？）

と、ふしぎでたまらなかった。空には雲も煙もなにひとつなく、輪になって楽しく踊るみんなを、お月さまがやさしく見守り、照らしてくれているかのようだった。

だけど、帰り道は遠かった。みっちゃんの足はもう棒みたいになって、ひとり、とぼとぼ山道を歩いた。お父さんに背おわれ、眠っていた弟がうらやましかった。

みっちゃんたちには、もうひとつの、大きな大きな楽しみなことが待っていた。それは、夏休みの手伝いのごほうびだ。

「タバコのお金が入ったら、何でも買ってあげる！」

お母さんが約束してくれたのだ。

（ああー、まちどおしいなー）

みっちゃんはその日がくるのを、

（まだかな、まだかなー）

と首を長くして待っていた。

その頃、タバコは国の専売品。収穫後にかってに売り買いはできず、出荷の順番もあり、みっちゃんの家は、十二月出荷と決まった。その日まで、タバコの葉を湿らせないよう、カビが生えないように、宝物のように押し入れにも積んで、お父さん、お母さんは、出荷に備え待っていた。

十二月、いよいよタバコ出荷の日。朝早く、二人は、タバコの葉を荷車に山積みにして出かけていった。みっちゃんはもう、一日中そわそわして、学校が終わると四キロの道を走って帰ってきた。


冬の日暮れは早い。あたりがだんだんうす暗くなってきた。

「お父ちゃんたち、もう帰ってくるぞー。迎えに行こう！」

お兄ちゃんが誘ってくれた。みっちゃんたちは、紅葉の丘までいっ気に走って、くだり、そして、のぼった。

紅葉の丘には、秋になると真っ赤に染まるモミジの木があり、とても見晴らしがよかった。右側には荷車が通る広い道。左側は人が歩くだけの細い山道が、町と小学校に分かれる二つの道へと続いている。タバコを納める町の役場は、ちょうど家の前に連なる山の裏がわにあり、町へ行く道もふたとおりあった。

お金が入ったら、店にたまっている借金の支払いをしながら右側の広い道を通り、お金がないときには、店の人と顔を合わせたくないので左側のうら道から帰ってくるのが、みっちゃんの家のならわしだった。

「あー。お父ちゃん！　お母ちゃん！　ヤッホー、ヤッホ、ヤッホ・ホッホホ……」

紅葉の木に登り、家に向かう二人を見つけて大歓声だ。みっちゃんはもう待ちきれずに、木から飛びおりまっしぐらに走った。


(左の道から？　荷車は……？)

みっちゃんは少しだけいやな予感がした。そのうえ、せっかく迎えに行ったのに、お母さんは畑仕事をしているよそのおじさんと、何か話に夢中なのだ。

(手には何もない。ポケットの中？　だけど、お兄ちゃんのは……？)

みっちゃんはだんだん不安になってきた。しばらくすると、お母さんはようやく話を終えた。

「ごめんね、みっちゃん。お金、一円も、もらえんかった……」

お母さんは顔をくもらせ、つらそうにして、あやまった。

さあー、そこで、また！

みっちゃんはいつでも、大人の会話に聞き耳をたてていた子ども。「三万いくらになった」という、お母さんとおじさんの話をひと言も聞きのがさなかったのだ。

「三万ナンボウもお金もらったのに、三十円のボールひとつ買ってくれない。三万ナンボウもお金が入ったのに、三十円のボール買ってくれんかった……」

延々とまあ、みっちゃんが大きな声で泣きだしたら止まらない。聞き分けのないみっちゃんに泣かれ、一番つらかったのは、お母さんなのに。

――みっちゃんのほしかった、『三十円のボール』。

それは、クラスの友達のひとりが持っていた。それまでみっちゃんは、お姉ちゃんのお古の小さなやわらかいボールしか持っていなかった。まりつき遊びをしても、ちっともはねてくれないのだ。よくはねてパンクしない、いつまでも使えるスポンジのボールを初めて見たとき、みっちゃんは目を丸くしていた。

(まるで、魔法のボール!)

そのふしぎなボールを、みっちゃんはほしくてたまらなかった。でも、家にお金がないのはわかっていた。だから「買ってー」と言わなかった。夏休みの手伝いのごほうびにと、今日まで楽しみに待っていたのに……。「今日は、買ってもらえる!」と、クラスの友達にも話していた。だから、くやしくて、くやしくて……。

「三万ナンボウもお金もらったのに、三十円のボールひとつ買ってくれんー」

だだをこね、泣き続けたみっちゃん。丘の上の泣き声は山にこだまし、はるか遠くで野良仕《のら》事をする人や、町の人たちにまで聞こえたそうだ。いつまでもやまないみっちゃんの泣き声に、村や町中の人が驚いて、みっちゃんはいちやく有名人になったのだった。山あいの中ほどにある家に訪れるのは、郵便配達や農協の人たちくらい。だから、泣き声を聞いたのは近くの山や野良仕事をしていた人だけのはずなのに。

それからは、みっちゃんの家の畑や田んぼの実り具合を見ては、

「よく育っとりますな。今年はボールひとつは買えそうなよい出来で……」

それが、いつしかあいさつ代わりとなっていた。ボールの話題をされるたびに、みっちゃんは、何だか、くすぐったい気分になってくるのだった。


タバコの納品もぶじ終わり、みっちゃんの家にもお正月がやってきた。大晦日《おおみそか》は、朝から晩まで一日中餅《もち》つき。仏さまにお供《そな》えをすませると、

「今日は、みんな、好きなだけお餅を食べてもいいのよ!」

お母さんが言ってくれた。みっちゃんは、お兄ちゃん、弟たちと競争して、アン餅、きなこ

餅、しょうゆ餅などをお腹いっぱい食べた。

「今年も餅つきができた。えぇー正月が迎えられるぞ……」

晦日の一日を、一年をぶじ過ごせてほっとしたかのように、お父さん、お母さんは静かにつぶやいていた。

翌、お正月一日。みっちゃんのお年玉は、大きな、大きな『てんまり』！

クラスの友達がだれも持っていない、ドッジボールのような大きな「ボール」だった。もう、みっちゃんは新学期が始まるのが待ちどおしくてたまらなかった。もちろん、お兄ちゃんには約束のグローブだった。

きっと、お母さんが大きい兄ちゃんにたのんで、帰省のお土産に買ってきてもらったのだと思う。

――ずいぶん後に知ったのだが、タバコの収益代金は、乾燥小屋、種代、肥料代、前借り金などを引いたら借金が残ったのだという。タバコ作りは国の奨励《しょうれい》ではじめた人たちばかり。苦労して育てたのに、出荷のときに検査員から「こんな、クズのような葉を作って！」と大声でどなられ、その場で燃やされた葉っぱもあったと、みっちゃんのお母さんはくやしそうに怒っていた。次の年には、予約をしていたのでタバコを作ったが、

「今年も、お金もらえんかった。もう、タバコはやめる……」

お父さん、お母さんは、子どもたちにすまなそうに話してくれた。

「なにも買っていらない……」

みっちゃんたち子どもはみんな、家でタバコを植えるのをやめたと聞いて、ただ、ただ、喜んだ。そして、タバコ作りのきびしさを知っていたら、

(どんなつらい仕事でもがんばれる!)

その思いはいついつまでも変わることはなく、みっちゃんたちの心の奥ふかくに刻まれたのだった。


子どもにとって、いちばん楽しいはずの夏休みに、朝早くから起こされ、何ひとつ報われることのなかったタバコつくり。けれども、タバコ収穫の長い一日を終えて、紅葉の丘からながめた、あの星空。

「あーっ、いちばん星!」

「いちばん星見いつけた! あっ、二ばん星、三ばん星……、あっちにも、こっちにも、星がいっぱい!」

大空いっぱいにきらめく星が、みっちゃんたち家族を、あたたかく見守ってくれていたかのようだった。

6　いじめ

みっちゃんが三年生に進級すると、一年生の弟と二人で小学校へ、そして、お兄ちゃん、お姉ちゃんたちは反対方向にある町の中学校へ通うようになっていた。タバコつくりをやめたお父さん、お母さんは、農作業に薪つくり、そしてあらたに柱や板など建築に使う材木用の木を伐ってふもとに運ぶ仕事をはじめ、あい変わらず毎日いそがしく働いていた。


いつになっても、みっちゃんは（ふしぎだなあー）と思うことがある。

それは、三年生の、参観日の翌日のことだった。いつものように、朝、みっちゃんが急いで教室に入っていくと、男の子たちが数人でワイワイ騒いでいた。

「みっちゃんをいじめるのはやめた方がいい。あそこのお母さんは、おそろしいぞ！」

そんなことを男の子たちが口々にしゃべっていたのだ。先生との懇談《こんだん》のとき、教室に残っていた男の子たちをチラチラにらみながら、みっちゃんのお母さんは大きな声で言ったそうだ。

「うちのみっちゃんは、学校で筆箱や靴《くつ》をかくされ、帰り道には通せんぼされて、石を投げられ、毎日いじめられている。家に着く前にどこかで顔を洗っているみたいだが、涙のあとでわかる。今度、泣かされて帰ってきたら、どの子がいじめたか聞いて、その子の腕《うで》をへし折る！」

もう、みっちゃんは驚いてしまった。お母さんは、いじめっ子の腕を折ってしかえしをすると言ったのだ。みっちゃんの通学路の半分は、だれに出会うこともない細い山道。そこには、いじめっ子はもちろん、だれひとり歩いていない。涙をあらう水辺もないのに。

都会育ちのお兄ちゃんやお姉ちゃんたちは、よそ者あつかいされ、言葉づかいをからかわれ、いじめにもあった。いつもうす汚れた服を着ていたみっちゃんが、大阪のおばさんが贈ってくれた手編みのセーターを着ているだけで、

「開拓地の子どもが、よそ行きみたいな、いい服を着ている……」

そんな心ない言葉を大人から投げつけられたこともあった。いじめを心配したお母さんが、いそがしい中、学校へ顔をのぞかせ、「腕をへし折る！」なんて物騒《ぶっそう》な言葉で、子どもたちを気づかってくれていたのだ。

「いじめ」と言えば、みっちゃんは、忘れることのできないあの日を思いだす。

それは、いつもの下校時でのことだった。ひと足先に下校した弟が、数人の男の子たちに囲まれて石を投げられていた。今にも泣きだしそうな弟。みっちゃんの顔を見て少し安心したみたいだった。とっさに、みっちゃんは男の子たちに向かって言った。

「その石、投げるんなら投げてみー」

弟の前にたちはだかり、どこからそんな声が出るのかと思うくらい大きな声で、みっちゃんは怒ったのだった。それまで、人の前では教室でも蚊《か》の鳴くような小さな声しか出せない子と、お姉ちゃんたちにいつもからかわれていた、みっちゃんだったのに。

その日から、弟へのいじめはずいぶん分少なくなったようだった。

もう一つ、みっちゃんには、どこに怒りをぶつけてよいのかさえわからない「いじめ」の思い出がある。

それは、寒い冬の、雨上がりの日のことだった。みっちゃんが学校から帰っていると、通学路からはずれた田んぼのあぜ道にいる弟を見つけた。農閑期の田や畑にはだれもいない。みっちゃんが走っていくと、弟は靴を片方はいていなかった。その上、ズボンも服もずぶぬれになっていたのだ。聞くと、男の子たちに追いかけられ、あぜ道を走って逃げているうちに、片方の靴が脱げて川に落ちてしまったのだった。

靴は、水かさも増した小川に流され、木の枝に引っかかっていた。弟は長い棒をひとり探してきて、冷たい水にさらされながら、靴をひき寄せようとしていたのだった。

そのゴムの短靴は、ヒモがないので脱げやすく、そのうえ長い間はけるようにと、大きめの靴を買ってもらったばかりだった。こんどは、みっちゃんが弟に代わってひっしに靴をとろうともがいていた。

もし、あのとき、自転車で通りがかり、みっちゃんと弟を見つけてくれた人がいなかったら、二人はいったいどうなっていたのだろう。

通学路から外れたあぜ道にいる二人に気づき、靴をさがしてくれたのは、学校給食の手伝いに来てくれていた「給食のお姉さん」と呼ばれていた人だった。服もズボンもずぶぬれの弟とみっちゃんの二人。そのあと、どうやって家に帰ったのかはわからない。だけど、みっちゃんにとって、とても、心のいたんだできごとのひとつだった。

しばらくして、雑貨屋さんをしていた、給食のお姉さんの家に、数人の友達と招かれたことがあった。ノートや鉛筆、消しゴムやお菓子などをもらったことは、みっちゃんの心のおく深くにきざまれることになった。

7　クジラと臨海学校

山から通学する開拓地の貧しい家庭の子どもたち。みっちゃんはそんな視線をいつも感じていた。けれど、みっちゃんにとって、だれに出会うこともない山道は、ほっとできるひとりだけの世界。家に帰れば、お父さん、お母さん、お姉ちゃん、お兄ちゃん、弟たちと、にぎやかな家族がいる。山道と家は、どちらも居心地のいい場所でもあった。

五年生のときのことだった。みっちゃんの描いた絵が教室にはり出されたことがあった。それは「夢」という課題の絵だった。クラスの子は、バスの運転手、お金持ち、社長、学校の先生、保母さん、看護婦さん、お嫁さんやお姫さんなどといろんな夢があった。

みっちゃんの絵は、みんなと少し違っていた。

近くの小川でクジラを見つけた時のことを描いた絵だった。

家から林道を歩き、県道に入る手前には、小川が流れ川には土の橋がかかっていた。土の橋は、川の両岸に丸太をわたして、その上に松や杉、ヒノキ等の木の枝を敷きつめて、土をかぶせかためて作られたもの。台風や大雨で流されることもたびたびあった。

水の流れが増してくると、橋に敷いている土がけずられ、小さな穴があいてくることもある。小さい穴が大きくなると、川へ落ちる心配もでてくる。

「どんな小さな穴にも、近寄らないように」

お母さんはいつも言っていた。でも、みっちゃんは、その小さな穴から橋の下を流れる川をのぞきこみ、気持ちよさそうに泳ぐメダカやハヤ、フナたち魚を見るのが好きだった。大雨の後に、だく流で橋が流されるとすぐに、村の人たちで土橋作りの工事がはじまった。

――台風の被害で「土橋」が流されたことがあった。

その晩、みっちゃんは夢をみた。海からはほど遠い山あいに流れる小川に、だく流にまぎれて一頭のクジラが迷いこんできた。

クジラは、だく流で落ちた土橋の丸太ん棒や松の枝や木にはさまれ、身動きもできなくなっていた。何とか逃げだそうともがくクジラ。そのうちクジラは、高く、高～く、思いきり高くジャ～ンプした。そして、小川の土手を大きく飛びこえ、そばの田んぼに、「ドーン！」と落っこちてしまったのだ。田んぼの中で尾っぽをはねながら、もがきつづけているクジラ。

（うわぁー。どうして、こんなところに、クジラ……⁉）

みっちゃんは、お父さん、お母さんにいそいで知らせに走った。お父さんは、今まで見たこともない、恐竜のキバのような、鋭くとがった大きなノコギリを抱えてかけつけてくれた。そして、クジラの背中に梯子《はしご》をかけて上ると、大きな、大きなノコで、ゴシ、ゴシ、ゴシ。まるで、太い丸太ん棒でも切るかのように、ゴシ、ゴシ、ゴシ、ゴシ……。だれも見たことのない、でっかいクジラを、お父さんはあっという間に解体してくれたのだ。

クジラの周りには天秤棒を担ぐ人、背負いこいっぱい積んだクジラの肉、荷車やリヤカーに積みこんで運ぶ人たち。まるで、祭りでも始まるかのように大にぎわい。うわさを聞きつけ、隣の町や村からおおぜいの人がやってきた。クジラ祭りのはじまりだ。クジラを焼いたり、煮たり、今まで見たことも、食べたこともないクジラ料理が大きなお皿におお山盛り！　村中の、町中の子どもや大人たちも、みっちゃんのお腹もいっぱい！

ムニャ、ムニャ、ムニャ……。

「おいしかった？」

クジラの絵を見たお母さんは、くいしんぼうのみっちゃんらしいと思ってか、クスクス笑っていた。そばで聞いていたお父さんも、なんだかうれしそうだった。

山育ちのみっちゃんは、それまでいちども海を見たことがなかった。きっと、給食で食べた、おいしかったクジラのことでも思い出していたのだ。

（もし、クジラが川で泳いでいたら、毎日ご馳走をいっぱい食べられる！）

それまで、汽車にも、バスにも乗ったことのなかったみっちゃんは、いつか、ひろい、ひろい海で、大きなクジラに会うのが夢となっていた。

「山で暮らす子どもたちに、海を見せてあげよう！」

それは、みっちゃんが五年生の時のこと。二年生で担任だった福崎先生が臨海学校を開いてくれることになった。そのころ先生は、福山の鞆《とも》の浦にある小学校に勤務していて、夏休みの間に学校の講堂で寝泊まりして、給食室で食事の準備をすることなどを計画してくれたのだった。

みっちゃんたちは、臨海学校の前に、学校のそばを流れる小川で岸辺にはえる草をつかんでバタ足泳ぎの練習もした。さらさらとしたサッカー生地で縫ってもらった水着。地元の町にある駅から福山へは約五十キロ、ゴトゴト蒸気機関車で二時間半の旅。さらに、福山から鞆の浦へは十六キロ、たぶん路線バスに乗り海水浴場へは船で渡った。その時、六十人の生徒たちは、毛布と米一升（三・七五キロ）を、村に一台あった商店の車、バタンコで運んでもらった。

海の水は塩からくて目に入ると痛かった。四国の海辺で育ち、海で泳いだことがあったお母さんは、布袋にいり豆を入れて持たせてくれた。水着につけて海に入ると、豆がやわらかくなりおいしかった。みんな、みっちゃんにとっては初めてのことばかり。海を見たことのない五年生の子どもたちに、福崎先生から夢のような贈りものをもらったのだった。

瀬戸内海の海原の、はるか遠くに広がる水平線の向こうには何があるのだろう。はじめてみる海に、大きく胸ふくらませた、みっちゃんだった。

8　おいしい水

夢のようだった夏休みも終わった。

新学期がはじまると、みっちゃんたちには農作業だけではなく、いろいろなてつだいが待っていた。お姉ちゃんはご飯を炊き、お兄ちゃんは牛の世話、そして、みっちゃんと弟は風呂《ふろ》をわかすのだった。

風呂は別の建物にあり、五右衛門《ごえもん》風呂という大きな鉄でできた風呂釜がおかれていた。釜には、いつもだれかが水を汲んでくれていた。薪は、うら山から小枝や枯れ木など、みっちゃんがひろいに行くこともあった。仕事でつかれて帰ったお父さん、お母さんが、

「いいお湯や。ぬくもった！」

冷えた体をあたため、喜んでくれるのがうれしかった。

今、水は、水道の蛇口《じゃぐち》をひねるだけで、「ジャー」と流れ出る。けれどもみっちゃんたちの

山の暮らしには水道がなかった。台所の土間《どま》には、ご飯を炊くかまどがあり、その横には大きな水がめが置いてあった。中には、たいてい水がいっぱいためられていた。山や畑仕事を終えたお父さんが水汲みに行っていたことを、みっちゃんは知っている。

ある雪の積もった日のことだ。みっちゃんは、風呂をわかすのをたのまれていた。お父さん、お母さんは、遠くの山仕事に出かけて留守だった。

風呂を焚《た》くのには、小さな木の枝に新聞紙を丸めてマッチで火をつける。小枝に火がつき、大きな薪を入れると、火のいきおいも強くなるのでカンタンだ。でも、みっちゃんの家の風呂焚きには、うら山や竹ヤブでひろい集めた枯れ木や竹、生の木を使うこともあった。雪で湿った木や、乾燥していない生の木を燃やすのはむつかしい。せっかく火がついても消えることもある。煙がもうもうとくすぶる中、みっちゃんは「フー、フー」と火吹き竹を吹いて風を送り、生の木を燃やした。

夕方、仕事から帰ったお母さんが、

「きょうは、小さい子から風呂に入り」

そう言ってくれたので、みっちゃんは急いで風呂場に行った。ところが、フタを開けると湯気はモウモウ、湯はグラグラ……。

「あついよー、にたっているよ！」

みっちゃんの声をききつけたお母さんは、水がめからバケツで水を運んでくれた。それでも、まだ熱い！　どうしても、お湯の中に入ることができないのだ。

「ちょっと、待っとれ！」

山仕事から帰ったばかりのお父さんは、天秤棒の両はしにバケツをつるし、棒を肩にかけ、いそいで水汲みに行ってくれた。ブルブルふるえながらお父さんを待っていたみっちゃんには、それは、とても長い時間に感じられた。雪のふる中、重いバケツをかつぎ、足をふんばって急な坂の雪道をのぼる。そのとき、みっちゃんは水汲みの大変さ、水の大切さを知ったのだった。

――水汲み場は、二百メートル下った小さなため池にあった。農作業のあいまに、雨の日も雪の日も、七人の家族の飲み水、風呂水に洗濯などの水を運ぶのは、どんなにか大変だったことだろう。

町にも遠く通学にも不便な山の中の暮らし、電灯もなく水にも不自由する生活だったが、みっちゃんが五年生のときのこと、ようやく、井戸を掘ることになった。

井戸掘りは、農繁期《のうはんき》も終わり、冬の季節にむかう、雨の少ない時期にと決まった。それは、雨が続くと土の中の水位もあがり、せっかく水が出てきても、雨の少ない時期になると水位が落ちて井戸の水が枯れてしまうおそれがあったからだ。町からポンプ取り付け工事と、鉄工所を経営する平井さんが来てくれた。そして、早速、測量がはじまった。

平井さんは、井戸掘りの場所を決める名人といわれた人。今まで手がけたどこの井戸からも、水は必ず出てきたのだという。毎日利用していた水汲み場のそばには水田があり、ため池の水は一年中かれることはなかった。

「ため池には、どこからかわき水が出ている。そこに、山から流れ落ちてくる水路があるはず……」

平井さんは、そこに水路があると見当をつけたのだ。池から延長した台所にも近い場所に井戸を掘ることにきまった。

井戸は、地下八メートル以上の深さになると「深井戸」といわれる。みっちゃんの家の井戸はとても深くなると予想された。それまで一度も失敗したことがないという平井さんも、「こんな深い井戸は……」と、とても不安そうだった。

お祓《はら》いの儀式をすませ、早速、井戸掘りがはじまった。地面に直径一メートル少々の円を描き、お父さん、中学生のお兄ちゃんが掘ることに決まった。道具は、先のとがったツルハシとスコップ。農作業のあい間に、土曜、日曜日にと少しずつ掘っていく。掘り起こした土は、バケツで運び出すという手作業だった。

井戸の穴はせまく、深くなるにつれ大人ではだんだん動きが取れにくくなってきた。そのため、今度は、お兄ちゃんの友達の瀬長くんが手伝ってくれることになり、中学生のお兄ちゃんたち二人が掘ってくれたのだった。

そのころ、町や学校でも水道は引かれ、どんな辺ぴな村の家庭にも井戸はあった。瀬長くんは井戸掘りがめずらしかったのか、土曜日には学校を終えて、日曜日にはわざわざ家から山道を歩いて、手伝いに来てくれたのだ。

それからは、お兄ちゃんたち二人、だんだん深くなる穴にハシゴ伝いにおりていき、コツコツと掘っていってくれた。掘り起こした土や石を外に運び出すのは、お父さん。短いハシゴから長いハシゴにかえていくうちに、穴はズンズンと深くなっていった。穴の中に三人も入ると、もうせまい。ツルハシをふり上げるのも難しくなってきた。夕方になると、平井さんはいつも作業の進み具合を見に来てくれていた。そして、井戸の深さが予定の半分くらいまで掘れたときのことだ。

「お兄ちゃんたち、よくがんばった。ここからは、専門の職人さんに掘ってもらう！」

翌日、さっそく、町から一人の職人さんが来てくれた。平井さんとの打ち合わせが終わると、ツルハシをかつぎ、職人さんはハシゴ段をさっそうと下りていった。

（やっぱり、専門の人は違う！）

はじめて見る、職人さんのきびきびとした動きに、家族みんな感心して見入っていた。

ところが、次の日、その職人さんは来てくれなかった。次の日も、その次の日も……。お父さんも、お母さんも、なんだか心配そうだった。

それから何日か過ぎ、平井さんは新しい職人さんと連れだって来てくれた。

「深水さんは、今まで、むつかしい井戸を何度も掘った経験がある人です」

(この人が来てくれたのだから、もう大丈夫！)

そう言わんばかりの平井さんの力強い言葉に、みんなすっかり安心したのだった。


再び、井戸掘りがはじまった。

「ローソクを持ってきて！」

平井さんに頼まれたみっちゃんは、急いで仏壇《ぶつだん》に走った。地下深くに灯したローソクの炎は消えることなく、少し揺れているようだった。こうして、仕事のはじまりにはローソクの炎で空気が充分にあるかを確かめ、井戸掘りは進められていった。

井戸の穴が深くなるにつれ、大きいかたい石もゴロゴロ出てきた。ツルハシを持ちコツコツと掘り出しては、ハシゴ段を何回も下ったり上ったりしながらひたすら掘っていく。地下深くの暗い穴の中で、深水さんの頭につけたカーバイトの灯《あか》りが、ゴツゴツした石の壁を照らし、キラキラ輝いていた。そこには、まるで別世界の、夢の国でもあるかのように。みっちゃんは、そう思えてならなかった。

そして、ついに、みんなの待ちに待った、その日がやって来た。

「水が、水が、にじみ出てきたぞ！」

地下の奥深くから、深水さんが大きくさけんだ。

「水路があった！　水路に、ようやく、たどり着くことができた！」

興奮した面持ちで、平井さんは家族みんなに知らせてくれた。

水路が見つかってからの、平井さん、深水さんの二人は、とても忙しそうだった。穴の底から、内壁からジワジワと水もしみ出てきた。壁の土、石が、ポロポロはがれ落ちてくる。井戸の穴に水がたまる前に、コンクリートで作られた長さ六十センチの井戸側を積み重ね、井戸のわく組みをつくる。さらに、井戸の中にパイプを通して、ポンプの取り付け工事もしなければならない。井戸の底には泥水をろ過して澄んだ水がたまるようにし、また、井戸側の周りにも、井戸から掘り出した大きな石、小さな石を敷《し》き詰めていく。これらの作業を、ほんの短い間に終えなければならなかった。

あわただしかった井戸掘りの仕上げ作業がようやく終わり、井戸が完成した。それは、二十

四個もの井戸側を積み上げた、地下十四メートルという深ーい、深ーい井戸だった。

深い井戸に使われる、ガチャポンと呼ばれる寒冷地用のポンプが取りつけられた。そして、ポンプに「よび水」を入れ、順番に漕いでいくことになった。ポンプの周りでかたずをのみ、皆が見まもる中、平井さんは言った。

「一番にポンプを漕ぐのは、水汲みをがんばっていたお姉ちゃん！」

（ため池から天びん棒をかついで水を運んでいたお姉ちゃんを見てくれていたんだ！）

平井さんに呼ばれた大きいお姉ちゃんは、恥ずかしそうにして驚いたみたいだった。

でも、うれしそうに、お姉ちゃんは、思いきり強くポンプを漕いでいた。そして、次々にポンプを押していった。

「ガッチャン、ガッチャン、ガッチャン、ガシャーン………」

みっちゃんも、もう待ちきれずに、ポンプを力いっぱい押した。なん回も、なん回も。水は「シュー」と勢いよく、あふれるように飛び散っていった。

ポンプの筒《つつ》からほとばしりでる水を、両手ですくってみた。

冷たくて、柔らかくて、あまーい、とても、おいしい水だった。

井戸から十メートルはなれた風呂場にもパイプが引かれた。もう、水は、ポンプを押すだけで風呂釜にも簡単に運ばれてくる。

「土の中を通るパイプの水は凍らない。風呂釜近くの、外に出ているパイプの水が凍ると、パイプが破裂してしまう。冬には排水口から水をすてるのを忘れないように……」

平井さんは、いつもやさしいまなざしで、みっちゃんたち子どもにも理解しやすいように、ひとつひとつていねいに説明してくれる。

「一日だけ井戸掘りに来てくれた職人さんは、あまりにも深い井戸だったのでこわくなり、仕事を断わってきた。中学生の子ども二人がここまでがんばってくれたのだから、投げだすわけにはいかない……」

平井さんはとなりの町にまで行き、職人さんを探し回ってくれたのだった。

当時、井戸掘りはボーリングで掘るというような簡単なものではなかった。家族で手仕事で掘るには、あまりにも深すぎる井戸でもあった。

(せっかく時間をかけて掘っても、ここから本当に水が出てくれるのだろうか?)

平井さんはとても心配したそうだ。

「深い井戸の危険性を考えるとためらいもあった。しかし、嫁入り前の若い娘さんが、天秤棒をかつぐのを目にし、やがて、みっちゃんたちもやってくれるのかと思うと、神にも祈るような気持ちだった……」

ほっとしたように、平井さんは語ってくれた。

今日では、井戸掘りは機械や技術の発達により、数日間もあればできる作業。けれども当時は、中学生のお兄ちゃんたちやお父さんが、ヘルメットも着けずに深い井戸を掘らなければならなかった。とても危険なことだったのだ。もしかしたら、職人さんに払うお金を持たない家族への、平井さんのやさしさだったのかもしれない。


井戸のフタを開けると、水面がもう手の届くほど近くにまできていた。さざ波をたて、まばゆいほどにキラキラ輝いて、まるで、はるか地下奥深くにあるふしぎの国からでも水が湧き出ているかのように……。

井戸の中は天然の冷蔵庫。畑で育てた大きなスイカも冷やした。

「ガシャン、ガシャン、ガシャーン……」

ポンプを押すだけで、夏には冷たい、冬には少しだけ温かく感じられる水が、いつでも出てきてくれた。

「風呂の湯が熱い！」

もう、ポンプを押すと水をかんたんに運んでくれるのだ。あふれるほどに湧き出た水は便利さだけではなく、不便な山あいの中で暮らすみっちゃんたちに、うるおいと抱《かか》えきれないほどの夢を与えてくれた。

井戸が完成してまもなく、水汲みを一番がんばっていた大きいお姉ちゃんは、お嫁に行った。

「平井さんには、一生、足を向けて眠ることはできないね……」

井戸掘りの安全を願うお祓いの儀式。それに使うお神酒《みき》さえも買うお金がなかった、お父さん、お母さん。お酒の代わりに水で清め、お祓いをしてくれた平井さん。いろいろ足りないことがあったのに、だれ一人けがをする人もなくぶじ、井戸を掘ることができたのだから、家族みんな、ただ、ただ、平井さんへの感謝でいっぱいだった。


大人になり、都会で暮らすようになったみっちゃんが一番困ったのは「水」だった。山の地下深くから湧き出た水は、冷たくて本当においしかった。少しイヤなにおいもある水道の水が苦手だった。あふれるように湧き出た井戸の水は自然の恵み。でも、それ以上にたくさんの思いが込められた「水」を飲んでいたみっちゃんは、水道の水になじめなかったのかもしれない。

9　秋の仕事

大きいお姉ちゃんは、遠くの町へお嫁に行った。家では、お父さん、お母さん、高校生のお姉ちゃん、中学生のお兄ちゃん、そして、みっちゃんと弟の六人家族となっていた。

それまで、水汲みや台所仕事をまかされていた大きいお姉ちゃんはきびしかった。

「明日は遠足！」

うれしそうにみっちゃんが教えると、「じゃ、白いご飯を炊いてもらいなさい」とお母さんは言ってくれた。でも、横から「お母ちゃんはあまい！　いつも、お米が足りなくなるのはわかっているのだから、白いご飯はダメ！」とお姉ちゃんが断わるのだ。

（お弁当は、白いご飯！）

いっしゅん喜んだのに、お姉ちゃんの一言で、いつもがっかりしていたみっちゃんだった。

家族が一人少なくなり、寂しくなっていた。

街で生活し、農業の経験がなかったお父さん、お母さんは、米や野菜つくりにもずいぶん苦労した。野菜の種まきや収穫の時期、畑に合う野菜などのことは、町で種や苗を売る種苗店《しゅびょうてん》でいろいろ教えてもらっていた。

なかでも、毎日食べる米つくりは難しかった。両親は農業をはじめたころに、大失敗したことがあったそうだ。苗代で育てた苗を田に植えかえると、雑草もどんどん生えてくる。雑草は、大きくならないうちに両手でかきむしり、取りのぞいていく。しかし、稲が大きく成長してくるにつれ、稲の葉とよくにている稗《ひえ》も負けずに伸びてくる。稗は種が落ちる前に、早めにカマで刈り取らなければならない。それは、稗よりも弱い稲が負けてしまうからだ。稗と稲の葉が見分けられなかったお父さんとお母さんは、いじわるな村の人から反対に教えてもらい、せっかく大きく育てた稲の方を全部切り取ってしまったのだった。

そのころ、米つくりは、牛で田をたがやし、田植え、稲刈り、脱穀《だっこく》などはすべて手作業だった。天候に合わせて収穫の時期を計算しながら、まだ冷たい水田で苗代つくり。稲の苗を育て、六月になると、いっせいに家族みんなで田植えをした。植えたばかりの苗が水不足や害虫、病気の被害で育たないこともある。収穫まぢかに台風や大雨で稲が倒れたり、刈りとった稲をハゼに架けて乾燥させているときに、ハゼごと倒されたこともあった。それらの被害はとても大きく、米つくりは、天候、自然との戦いでもあった。

広～い、広～い畑いっぱいに、サツマイモもたくさん植えていた。でも、焼き芋《いも》やふかし芋などのオヤツ用に育てていたのではなかった。お米が足りないときには、芋粥《いもがゆ》にも使う大切な食料だったのだ。

サツマイモは、タバコの苗も育てた温床に種イモを植えた。芽が出て茎がツルになり伸びて来る。ツルを適当な長さに切ると「ツル苗」になる。みっちゃんもお母さんといっしょに「チョキン、チョキン」と、ツルを短く切ったことがある。お母さんは困ったような顔をしていた。「ちゃんと考えて切るのよ。ツル苗は、茎のつけ根の「節《ふし》」が四個くらいの長さに切るといい」と教えてくれた。

サツマイモは、苗を植えるとツルがどんどん伸びて葉を広げていく。葉が畑いち面に土も見えないくらいになると、雑草はもうあまり伸びてこない。サツマイモを育てるのは、タバコとちがいずいぶん簡単そうに見えた。

十月になると、米の取り入れでいそがしいあい間にイモ掘りだ。みっちゃんの家のサツマイモ畑は、お父さんが刃の厚い開墾《かいこん》用の鍬や、先のとがったツルハシで山をたがやした畑。土は粘土質《ねんど》でかたく、土の下には大きな岩も残っていた。

イモ掘りは、ツルを引っ張ると次々にイモが顔を出してくるという具合にはうまくいかない。

鍬でイモの周りを傷つけないようにコツコツ掘る、手間のかかる作業だった。せっかく大きく育てても、鍬で切りさいたりモグラにかじられたイモもあった。それらの傷ついた芋は、みっちゃんたちの楽しみなオヤツになる。お手伝いのごほうびだ。さっそく、おかあさんがふかし芋を作ってくれた。鍬を高くふりおろし、土の中でサツマイモを真っぷたつに割ると、

「もったいないことした。大きなイモだったのに……」

と、お父さんはとても残念そうだった。でも、みっちゃんは、おいしいふかし芋が食べられると思うと、なんだか得した気分になるのだった。

実りの秋。いつもお腹をすかせていたみっちゃんたちにとっては、最高の季節！　畑ではサツマイモ、うら山では松茸《まつたけ》や栗《くり》にグミ、柿《かき》もたくさん採れていた。

松茸山には赤松の木が群生し、毎年、山の持ち主が共同で松茸採りに行った。松茸シーズンは農繁期にも重なり、みっちゃんたちの学校では、春には田植え、秋には稲刈り休みがあったので、松茸が採れる秋の稲刈り休みは楽しみだった。お父さん、お母さんと松茸をさがしに行き、よその人が勝手に山に入らないように、山の見はり当番にも行った。

松茸採りには、朝早く夜も明けない暗いうちに出かけた。山には、赤松、クヌギ、ドングリ、ネズミモチ、グミなどの木々がうっそうとしげっていた。丈《たけ》の低い木々が、まるで通せんぼで

もするみたいに山道に枝を広げ、前を歩く人がはじいた枝でピシャーと顔を打たれることもあった。前を歩くお父さん、お母さんは、みっちゃんが通りやすいように、いつも枝を持ち上げ待ってくれていた。

朝、早起きして山に行っても、松茸を一本も見つけられない日もあった。だけど、

「ほら！　この辺をさがしたら？」

お母さんに教えてもらい、みっちゃんひとりで見つけたときは大喜びだ。松の木の根っこの周りに松かさや落ち葉が重なり、なにか「ふわー」とふくらんでいる。そーっと押さえてみると、やわらかい。

「松茸だ！」

あたりも探してみた。そこには、頭に松笠《まつかさ》をチョコンとのせたのや、チョッピリ頭をポコポコのぞかせ、列や輪になった松茸の「シロ」が二十数本も並んでいたのだ。まるでキノコのお城みたいに。あたりいち面が、いい、かお〜り！

「あった！　おかあちゃん。ここに、いっぱいある！」

みっちゃんは大歓声だ。すると、

「ここは、みっちゃんだけの、ヒ・ミ・ツのシロ。大きな声を出して、ほかの人に気づかれないように……」

お母さんは、ないしょ話をするみたいに教えてくれた。

でも、みっちゃんだけの秘密の「シロ」といわれても、二度と同じ場所に、一人ではとてもたどりつけそうには思えなかった。

収穫した松茸は、山小屋に集められ、町から仲買の人が買いに来てくれた。傘のように頭が大きくひらいたのや欠けたりした松茸は、みんなで分け合って持ち帰り、家で食べた。

松茸採りのあとは稲刈り。稲刈りのときの楽しみは、あぜ道で食べるお弁当。ご飯は、特別に収穫したばかりの白いお米で炊いた、おにぎりに、松茸ご飯！


米の取り入れが終わると、運動会に秋祭り。走りが遅くて、いつもビリから二番目というさえないみっちゃんだったが、運動会が大好きだった。いそがしい取り入れもいち段落し、お父さん、お母さん、村の人たちが大ぜいかけつけ応援してくれた。集落対抗リレーに、綱引き。借りもの競走やパン食い競走に、アメ食い競走……。何もかも楽しいことばかりだった。

なかでも、一番の楽しみはお弁当！　朝早く起きてお母さんが作ってくれた、巻き寿司にいなり寿司。家族みんなで、テントの下で食べたお弁当。それは、今でもわすれられない運動会の味！

（毎日、運動会だったらいいのに……）

みっちゃんが、そう夢みたほど楽しかった。

運動会の後には秋祭りが待ってくれていた。

それぞれの地区の祭りの日は、学校も早引きさせてくれるので、授業途中にぬけ出して帰ることができた。みっちゃんも弟といっしょに学校から走って帰り、今度は、山をこえて村の神社の祭りに行った。

秋祭りが終わると、農家では冬を迎える準備をはじめる。大根や白菜など野菜を干して、漬物つくり。残りの野菜は、霜や雪にあたると凍《し》みて食べられなくなるので、畑に大きな穴を掘り、わらで囲って保存した。

冬支度が終わると、日暮れもずいぶん早くなってくる。みっちゃんがいそぎ足で学校から帰ってくると、お母さんが急な斜面の畑で横向きになり、カニさん歩きしながら足ぶみして遊んでいるみたいだった。

「何しているの?」

お母さんは、芽が出て伸びはじめたばかりの麦の上を歩いていたのだ。見ると、麦はふまれてぺしゃんこに倒れている。

（植わっているものは、踏まないようにと、いつもは注意するお母さんなのに……）

麦ふみがおもしろそうだったので、みっちゃんも手伝うことにした。

「麦さん、大きくな・る・な！　麦ごはんおいしくない。おいしくない。エイ、エイ、エイ、エーイー」

歌をうたいながら、麦を力いっぱいふんづけてやった。気持ちよかった。

だけど、なんだかお母さんは、とてもさびしそうにして笑っていた。

「みっちゃんにふんでもらって、きっと、喜んでいるよ。麦は、どんなに深く積もる雪にも負けない。だけど、霜がおりて霜柱が立つと、麦の根も土といっしょに持ち上げられて、根がくさってかれてしまう。だから、今のうちに、土にしっかりと麦の根をつけておいてやらないとね」

そのうえ、お母さんは言うのだ。

「麦ふみには、みっちゃんの体重がちょうどよい重さ。きっと、麦も喜んでくれている。ありがとうって」

もう、みっちゃんは目を丸くしていた。

（麦が喜んでいる?!　麦ごはんおいしくないって、私は言ったのに……）

春になると、みっちゃんよりもずいぶん重そうなお母さんにふまれた麦も、雪解けの中から緑色の葉をのぞかせて、グングン大きく伸びていった。

10　灯りのある暮らし

自然いっぱいの中で育ち、山での生活のことなら何でもくわしいみっちゃんだったが、電気のことになると苦手だった。それは、みっちゃんの家に、電灯が灯っていなかったからかもしれない。

「電気の明かりのない生活って、どんな毎日？」

友達からふしぎそうに聞かれたことがある。

「家の中の灯りは、カンテラを使っていた」

「カンテラって？」

カンテラは学校の理科室にもあるアルコールランプと同じような形をしている。燃料はアルコールの代わりに灯油を使い、どこに行くのも持ち運ばなければならなかった。牛小屋や、家の外にある便所や風呂場に行くときは、風が吹くと消える。持ち運びも不便で、いつの頃からか、ランプの灯りも使うようになっていた。

ランプは、ガラスのホヤでおおわれているので、風が吹いても消えない。だけど、ホヤは、すぐにススで真っ黒になり、割れやすい。ランプを買ってきたお母さんは、ランプを使って勉強するのはお兄ちゃんなんだからと、中学生のお兄ちゃんをホヤ拭《ふ》き係にきめた。

ランプの灯りは、カンテラよりも、食卓を少しだけ明るくしてくれたみたいだった。


カンテラとランプの灯りで育ったみっちゃんには、電気にまつわる苦い思い出がある。幼いころから大人の会話に聞き耳をたて、ひらめきも強いみっちゃんだったが、四年生のときのことだ。学校から帰ると、

「大発見！　大発見！　お母ちゃん、ラジオ買って！」

畑仕事をしていたお母さんに、みっちゃんはめずらしくおねだりをしたのだ。そばで聞いていたお父さんは、

「家には電気がきとらん。ラジオをどうやって聞くんか？」

と大笑いするのだ。みっちゃんも負けてはいなかった。

「お父ちゃん。ラジオ知っているん？　見たことあるん！」

みっちゃんはムキになって怒ったのだ。

――学校の帰り道、みっちゃんは雑貨屋さんの店先で、何か、ふしぎな声がするのを耳にした。

（だれかしゃべっている？）

でも「声」は聞こえても、店の中にはだれもいないみたいだった。あたりを見回しキョロキョロさがしていると、

「中に入っておいで」

店のおばさんがやさしく呼んでくれた。

その「声」は、どうやら箱の中からするようだった。今まで聞いたこともない「声」。なんだか笑いながら話しているみたいだった。

それまでいち度だって、みっちゃんはラジオを聞いたことも、見たこともなかった。でも、その「箱」が、何となく（ラジオかな？）と思った。この前、クラスの子が、「ラジオでアカドウスズノスケをやっている……」と話していたのを聞いたばかりだったのだ。

（この箱が、ラジオ？　……ラジオは、大きな、箱だったんだ！）

「箱」の中に明かりがついていたのを、みっちゃんは見のがさなかった。箱のすき間から、すーっと明かりがもれていたことも……。

（ラジオの中には、あ・か・りが灯っている！）

お父ちゃん、お母ちゃんがいつも言っていた。

「みっちゃんの家では、電灯の代わりにカンテラやランプを使っている。どちらも電灯と同じ役目をしている……」

（と、いうことは、ラジオの箱にカンテラ・ランプを入れると、ラジオを聞くことができる！）

みっちゃんは、ものすごい大きな発明をした気分で、お父さん、お母さんに早く知らせてあげようといそいで帰ったのだった。

しばらくして、村に有線放送電話が引かれ、ラジオ放送もときどき流れて、ラジオを聞くことができるようになった。また、同じころ、大きいお兄ちゃんがトランジスタラジオを組み立て、みっちゃんたち家族にプレゼントしてくれた。ラジオは有線放送電話とちがい、いつでも好きなときに、音楽やニュースなどのラジオ放送を聞くことができる。

「本当だ。電気がきとらんでもラジオを聞くことができる。みっちゃんはかしこい！」

お父さんは感心したようにほめてくれた。「かしこい！」

お父さんにほめられると、みっちゃんは何だかくすぐったい気分になってくるのだった。それでもうれしかった。

※有線放送電話は昭和三十年代、電話がある家庭の少ない農村や漁村で使われた地域内だけの電話。

ラジオ体操や天気予報、地域のお知らせなどが一斉放送され、電話で話す声は近所の人にも聞こえていた。

山の中で家族だけの生活。家では駄々っ子《だだっこ》でおしゃべりが大好きなみっちゃんだったが、学校では、授業中に手を挙げたこともない、内気な子どもだった。

理科の授業中のことだ。

「アイロンの中はどんなしくみ？」

先生の質問に、みっちゃんは、「ハーイ」と大きく手を挙げた。

（この前、お母さんが古いアイロンを、どこからかもらって来た。今までは、赤々と燃えるカマドの中でコテを熱くして、アイロンの代わりに使っていた……）

みっちゃんは、本物の「アイロン」を目にしたばかりだったのだ。

「アイロンの中には、火をおこした炭火が入っています！」

自信満々に、みっちゃんは答えた。すると、アイロンを分解して中を見たことがあるという男の子からは、

「炭火？　ニクロム線も知らんのか！」

と言われ、クラス中のみんなに大笑いされてしまった。

（ニクロム線？　グルグル巻いた、コイルって、なに？）

いくら説明されても、みっちゃんにはチンプンカンプンだった。それでも、アイロンの中は『真っ赤な炭火』という自信はゆるがない。

（だって！　本物のアイロンを、自分の目で確かめたばかりだもの……）

みっちゃんは胸をはっていた。


電灯のない山の中での生活、いったい、どんな毎日を過ごしていたのだろう。冬は、夕方五時前にはもうすっかり暗くなっていた。高学年になると下校時間も遅くなり、山道をひとり歩くのはいやだった。中でも、昼間でもうす暗い道が一か所あった。民家の裏手に、うっそうとした竹やぶと雑木林《ぞうき》にはさまれ、近くにはお墓もある、みっちゃんの苦手な道だった。

暗い中、細い坂道を上りきると左側に小さなたなだが見えてきて、少しだけ明るくなる。

（この道を上りきるまでは……）

いつも、みっちゃんは息をひそめて走っていた。

墓場はきみわるくて、お化けでも出てきそうでこわかったが、暗い中、木立の下に、墓石がうっすらおぼろげに浮かんで見えると、何だか道標にも見えて、みっちゃんを心強くしてくれた。

「蛍《ほたる》のひかり、窓の雪……」

歌をうたい、みっちゃんは、昔の人はえらいなーと、感心したことがある。

（電気が灯っていなかった時代には、こうやって勉強していたにちがいない！）

電灯のない生活を不便だと感じることはあまりなかったが、あの真っ暗な山道にホタルが飛び、雪がつもり、道を明るく照らしてくれたらと、何度思ったことかしれない。手元しか照らしてくれないカンテラやランプよりも、満月のころの月は、足元を輝かせてみせてくれる。窓辺に積もる雪もずいぶんと部屋を明るくしてくれることだろう。でも、ホタルは、暗い田んぼの水面をキラキラ映してくれてきれいだが、何百匹ものホタルを集めても本は読めないのでは……。暗い夜道を想像をめぐらし歩いていると、こわさもすっかり忘れられた。

明かりが灯る電気のある暮らしは、家族みんなの長年の願いだった。そして、ようやく、その日がやって来た。みっちゃんはもう中学三年生を終えようとしていた。電柱を立てる工事が始まり、電線を引くのは一番近い隣の村からと決まった。

山林の木を切りたおし、電柱が立てられていった。家の近くの紅葉の丘あたりにまで電柱が近づいてきてくれると、みっちゃんはとても待ちどおしく思った。

電線が届いた日。

お父さん、お母さん、弟と家族四人で「点灯式」のお祝いをした。風呂場、トイレ、牛小屋にも電球を灯した。みっちゃんの部屋は、四十ワットの特別明るい電球だ。部屋中を何だか……「ぱぁー」とまばゆいくらいに輝かせてくれたみたいだった。

「もっと、もっと、明るく照らそう！」

次の日、ボール紙を丸く切り、電球の「傘」を作ってみた。

「七人の子どものうち、電気の灯りで受験勉強をするのは、みっちゃんが初めてやなー」

にぶく輝く電球の明かりをいとしそうにながめては、お父さん、お母さんは、しみじみとつぶやいていた。

電灯が灯った記念の日は、みっちゃんがラジオの明かりを見つけてから五年。開拓民として暮らしはじめてからは、十数年の年月が流れていた。学校に通う子どもがいる家族にとっては、それは、あまりにも長すぎた。あれだけ遠いと思われていた電線が通る、一番近い村は、直線にするとわずか二キロの距離。近くの村や町で、電気が灯っていなかったのはわずか三軒。そのうち、子どもがいたのは、みっちゃんの家だけだった。

11　みっちゃん高校生に。そして、旅立ち

山の中の一軒家にようやく明かりが灯った。その明かりは、お父さんが耕した畑やあたりいち面の山々を、こうこうと輝かせてくれているかのようだった。

生まれたときから、ローソク、カンテラ、ランプで育ったみっちゃんには、それは、まるで別世界のことだった。すでに故郷をあとにしていたお兄ちゃん、お姉ちゃんたちは、この山の中の「灯り」は知らない。家族が一人、二人と巣立っていき、いつしか、お父さん、お母さん、弟と、みっちゃんの四人家族となっていた。


――ふと、みっちゃんは、幼いころの日々を思いめぐらしていた。

あれは、木枯《こが》らしの吹く寒い冬の夜のことだった。

「ビュー、ビュー、ビュー……」

吹きすさぶ風。周りの木々がこすれあい、家が倒れるのではないかとこわくてふるえていた。

牛小屋からは、いつもはおとなしいバーバーの「モー、モー、モー……」と鳴く声がする。今にも飛び出しそうな勢いで、ガタガタ木戸を大きく揺らす音。布団《ふとん》の中で、（バーバーもこわいんだ。早く去ればいいのに……）と息をひそめ待ちながら、みっちゃんは、思わず天井を見あげていた。

天井いっぱいに、真っ白い粉雪がキラキラ輝いてクルクル舞っている。暗やみの中で舞う粉雪をふしぎそうに見ていると、お母さんが静かにつぶやいた。

「みっちゃん。口を大きく開けてごらん。雪が口の中に入ってくるかもしれない。のどがかわいていたら、お水を飲みに起きるのは寒いので、ちょうどいいね。顔に雪が落ちてきて、冷たいなーと思ったらお布団をかぶりなさい……」

お母さんの言葉どおりに、みっちゃんは目をかるくつむり、思いきり口を大きくあけていた。ちらちら粉雪が舞いおちてきて、みっちゃんの口の中に入ってくれるのを、静かに待ちながら。

みっちゃんの家は、山を開墾して畑を作っていたときに、お父さんが家から通うのが大変だからと、小屋として建てられたものだった。あお向けになって天井を見上げると、太い柱や丸太がむき出しに見えていた。天井には梁板《はりいた》はなく、ネズミがチョロチョロ走り回れる屋根裏はなかった。

あるとき、むき出しの柱にかかる棟木《むなぎ》に住みついていた大きな蛇《へび》が、「ドサー」と大きな音をたて、土間に落ちてきたことがあった。

「怖がらなくてもだいじょうぶ。家に住みついた大蛇はね、昔からその家の守り神と言われているくらいなのだから……」

お母さんは、どうってことないのよというみたいに、静かに起き上がって言った。

天井も張られていない家なのに、町でも山でも見かけることもなかった、珍しい、大きな、大きな、高野槙の木が二本、紅葉の木が数本、家の周りに防風林のように植わっていた。まるで、大邸宅を囲むかのように。

みっちゃんは、高野槙の木は仏壇のお花用に植わっているものとばかり思っていた。畑には大きな実のなる富有《ふゆう》柿の木が数本植わっていた。「桃栗三年、柿は、八年したら実をつける」といわれているが、いつのころからか、おいしい柿が枝もたわわに実をつけていた。小学生だったみっちゃんと弟が、朝、柿をもいでは、朝ごはん代わりにほおばりながら学校へ走っていった、あの「柿の木」だ。

かつて、みっちゃんの家のある宅地には、町の金持ちの人が別荘を建てていたのだという。しかし、水に不自由する毎日で住まなくなり、いつしか荒れ地になっていたのだった。

（どうして？　お父さんは、水もない不便な山の上に家を建てたのだろう……）

長い間、みっちゃんは、ふしぎでたまらなかった。けれども、もし山の上に、防風林のような木々に囲まれて、広い整地された土地があったとしたら、だれでもそこに家を建てるだろう。

もっと、もっと古い記憶の中に、小学校にあがる前のこと、みっちゃんは野良犬に追いかけられ、かまれたことがあった。お兄ちゃん、お姉ちゃんたちのあとを追って走って逃げたが、土間の上がり間に足をかけたとたん、みっちゃんは犬にかまれていた。それからしばらくして、小屋として建てられた山の家に、引っ越してきたことになる。

あわただしい年の瀬に引っ越しをすませ、翌元日のこと。お兄ちゃんの友達が山の家に訪ねてきてくれた。そのとき、みっちゃんの家では、大きな石の臼《うす》を運びこみ、ちょうど餅つきの最中だった。そのころ、家が貧しくても、餅つきだけはした。お正月に食べる雑煮は子どもたちにとって、新年を祝う最大の楽しみでもあったのだ。

「えぇ！　今日は正月なのに、今ごろ餅つきをしている?!」

お兄ちゃんの友達の驚いた言葉を気にするふうでもなく、お母さんは言ったそうだ。

「ここは山の中だから、お正月は少し遅れてやってくるのよ。だから、今日はお正月とは違うの。うちの家は、まだ三十二日なの」

お母さんの「うちはまだ、三十二日」という言葉に、お父さんの薪運びの仕事を手伝ってくれていたお兄ちゃんの友達は、なんとなく納得してくれたらしかった。折にふれて、そのときのことを、お母さんはなつかしそうに話していた。

お正月の思い出は、まだまだいっぱいある。大晦日には、朝から晩まで一日中餅つき、石の臼でつく前に、蒸したてのもち米に塩をふって食べた「おこわ」。おいしかった。

夜になると、ランプの灯りの下で炭火をいれたコタツを囲み、カルタや百人一首。トランプ遊びもした。お兄ちゃんの帰省の土産《みやげ》、ようかんや甘納豆《あまなっとう》にカステラ……、コーヒー豆もあった。七ならべやババ抜きにマージャンブリッジ……。中でも、みっちゃんの一番好きなトランプ遊びは、「ナポレオン」だった。

「ナポレオン」は、二十枚ある絵札のうち、宣言した数を副官と協力して集めるゲーム。ナポレオンに指名された副官と、連合軍に分かれて札を取り合うのだ。ナポレオンに指名された副官は、ポーカーフェイスで、二人でひそかに協力し合い絵札を集める。もう、最後まで、ハラハラドキドキの遊びだった。

ナポレオンは五人で遊ぶとおもしろい。お父さん、お母さんがゲームに加わると、お兄ちゃんは「ゲームに負けた人は一回休み！」と決めた。あるとき、休憩タイムにお風呂に行っていたお姉ちゃんに「一回パスするか?」とお兄ちゃんが大きな声で叫んだ。すると、風呂場からは「パスー」とお姉ちゃんの返事。でも、それは、お兄ちゃんが特別に豆を挽《ひ》いて、たててくれた「コーヒー」のことだった。初めて飲んだコーヒーは少しにがくて、みっちゃんは、お砂糖をいっぱい入れて飲んだ。でも、コーヒーが好きなお姉ちゃんは「ナポレオンをパスする……と言ったのに」と、くやしそうだった。だけど、弟や妹たちをからかったり面白い話をして笑わせてくれていたお兄ちゃんは、後からちゃんと、お姉ちゃんにもおいしいコーヒーを作ってあげていた。

ほろ苦いハイカラな飲み物のコーヒーと、家族で楽しんだトランプのなつかしい思い出。

小屋として建てられた母屋《おもや》の周りに、風呂に便所、台所や部屋、縁側と少しずつ継ぎ足していった。そして、やがて井戸を掘り、ついに電気が灯ったのだった。

みっちゃんと弟が「点灯式」のお祝いをしたときには、天井もきれいに張られて、ようやく家らしくなっていた。ふり返ってみると、カンテラとランプの明かりで勉強できたのは、高校生と中学生。小学生たちには、明かりはもちろん、勉強する机もなかったことになる。

家は、ようやく住まいらしくなったが、なれない山や畑仕事で身体をいためていた両親。みっちゃんには、農作業だけでなく、食事の準備や風呂や洗濯などの手伝いもあった。そして、男の子は、中学生になると、牛をつかって田や畑をたがやすようになっていた。

中学、高校の中間・期末試験は農繁期ともかさなった。みっちゃんが早い時間に学校から帰っていると、お父さん、お母さんは田植えや稲刈りのまっさい中だった。腰を深くおりまげ田仕事をする二人を遠くに見ながら、みっちゃんは気づかれないように、そーっと通りすぎようとしていた。だけど、坂道がきつくて自転車をおして歩くので、いつも見つかってしまう。お父さん、お母さんは大きな声で叫んでいた。

「みっちゃんー。お帰りー。着替えを持ってきてるからなー」

（今日は、試験の日だから早く帰っているのに……）

みっちゃんは、ひとり、ブツブツつぶやいたが、

（でも、三人でした方が仕事がはかどる！）

と思いなおして服を着がえるのだった。

夕方近くになると、今度は、

「みっちゃん。ひと足早く帰ってご飯を炊いて、勉強もしなさいね」

お母さんにそう言われ、急いで家に帰って、お米を洗い、かまどに木の枝をいれてご飯を炊きながら勉強、いつもこんな具合だった。

みっちゃんが六年生のときに書いた作文がある。

『……お母ちゃん。みどり色の雨ぐつ買ってほしい。お兄ちゃんのお古の、ゴムの短ぐつに穴があいたから、みっちゃんにみどり色の雨ぐつを買ってくれると約束していたよね……』

先生からお母さんに作文を見せるように言われ、みっちゃんは困ってしまった。友達がはいていた、値段も高そうなみどり色の雨靴が気に入り、お母さんに作文を見せるとは知らずに……。本当は、黒色の短靴を買ってもらう約束だったのに「みどり色の雨ぐつ」と書いていたのだ。「みどり色の雨ぐつ」を「黒色のたんぐつ」と書きなおすと、どうしても字があまり「みどり色の雨ぐつ」の字もうすく残ってしまうのだった。


幼いころから、朝から夜遅くまで働いても貧しい暮らしをしていた両親を見ていたみっちゃんは、わがままを言わない、聞き分けのいい子どもだった。

だけど、学校で使う学用品か何かを買うお金のことで、ひどい言葉でお母さんを悲しませたことがある。

「お母ちゃんは、みっちゃんが家にお金が入ったなと思って、お金ちょうだいと言うと、『このお金は支払いが決まってる。お金がないと、家にお金がないのがわかっていて、お母ちゃんにドロボウでもしろと言うの?』と言うけど、そしたら、みっちゃんは、いつ、お金をちょうだいって言ったらいいの？」

「……、じゃ、このお金を持っていきなさい」

大きいお兄ちゃんから届いた、お金の入った封筒から手渡してくれたときの、お母さんのつらそうな顔、どうしてもみっちゃんは、忘れることができない。

家族は少なくなったが、貧しさは変わらなかった。お父さん、お母さんは、山の仕事に、米、麦、野菜などの家で食べるものだけではなく、少しでもお金を得たいとタバコ作りなど新しいことにも挑戦した。牛や豚、にわとりも飼った。卵を十個くらいためては、町の店に持っていき、ノートや鉛筆を買っていた。タバコを植えていた広い畑には、麻、小豆《あずき》、大豆、胡麻《ごま》、ラッキョ、ピーナツにトウモロコシ等、何とかしてお金を得たいと考えたのか、色んなものを植えた。町には娯楽もなく、いつも働いているお父さんとお母さんしか見たことがなかった。だけど、みっちゃんが知らない、想像さえもしなかった、お父さん、お母さんのことで新発見したこともあった。

米の収穫がいち段落すると秋祭り。集落ごとに出し物を演じる当番が、みっちゃんの家に回ってきたことがあった。農作業でつかれていたはずのお父さん、お母さんは仕事を早めにきりあげ二キロ離れた同じ集落の家に踊りの練習に行ったときのことだ。

「かっぽれ、かっぽれ、ヨーイトナ、ヨイヨイ。沖の暗いのに白帆がぇ〜あ〜ェ見ゆる（ヨイトコリャサ）あれは紀伊の国……」

驚いたことに、踊りの指導をしているのはみっちゃんのお母さんだった。「ヨ〜イトナ」のところで、得意そうに、ひょうきんな顔をして、手ぬぐいをひょぃーと首にかけたお父さん。ふと、月の明かりで見ると、それは赤ん坊のオムツ！　思わず、「お父ちゃん！」と、みっちゃんは悲鳴にも似た声をあげていた。

お父さんは踊りの練習によほど急いだらしく、縁がわに置いていた、ぬれたオムツを手にして踊っていたのだ。井戸掘りのあとでお嫁に行ったお姉ちゃんは、旦那《だんな》さんを交通事故で亡くして働いていた。家で一歳の赤ん坊を見ていたので、みっちゃんは子守役だった。いつも、農作業や山仕事でつかれた顔しか見たことがなかった両親なのに、あんなにも生き生きと楽しそうに踊る姿に、ただただ、おどろくばかりだった。

翌年の秋祭りには、となり村の余興《よきょう》のだし物の指導をたのまれていた、お父さん、お母さん。つかれも見せずにはりきって練習に出かけていった。

演目は、「桜門五三の桐」。

「絶景かな絶景かな……」

大泥棒、石川五右衛門が、京都の南禅寺の山門で言うセリフを、村のおばちゃんたちが演じたのだ。お米の取り入れ作業のあい間に練習をかさね、本番では墨と紅ではでにお化粧《けしょう》をしてもらい、赤いふんどしをつけて見事に演じ、大好評だったそうだ。

脚本は、大阪の歌舞伎座で芝居《しばい》を見たことがあったお父さん。所作、演技指導は、子どものころに舞踊やお茶、お花、お習字なども習っていたというお母さんだった。それまで家にはテレビもなく、映画でも歌舞伎でも見たことのないみっちゃんにとっては、全く知らない世界のことばかりだった。

「七人の子どもたちには、せめて、高校だけは行かせてやりたい。できたら大学へ……」

それは、両親のささやかな願いでもあった。戦災で平穏な日々を奪われ、新天地を求めたはずの開拓地では、貧しい暮らしを強《し》いられた二人。だけど、みっちゃんは少しでも早く働きたかった。それは、お兄ちゃん、お姉ちゃんたちが少ない給料から家にお金を送ってくれていたように、今度はみっちゃんが、お父さん、お母さんに少しでも楽をさせてあげる番だと思ったからだった。

いつか、お兄ちゃんが話してくれたことがある。仕事を終え、つかれて帰っていると、「東京オリンピックまで、あと○○日」の電光掲示板を目にした。そのとき、家にテレビを贈ろうと決心したそうだ。だけど、日は過ぎていくのに、お金はたまらない。掲示板が百日を切ったときは、もう、追われている気がしてくるしかった。

少ない給料の中から両親や弟妹たちのことを思いやる、それは、次々にきょうだいにひきつがれていたのだった。

しかしながら、山の中の一軒家からは、通学できる大学、職場はどこにもなかった。そんなおり、広島の看護学校に通っていた先輩の説明会に、友達に誘われ参加した。そのときはじめて、みっちゃんは看護学校のこと、看護婦という職業のことも知ったのだった。

十八歳の春。看護学校受験のため、朝一番の汽車に乗り、お姉ちゃん、お兄ちゃんたちが働いていた大阪へひとり向かった。

小学校の修学旅行の思い出といえば、汽車に乗るとすぐに気分が悪くなって、ダウン。四国、高松の金毘羅《こんぴら》さんに向かうポンポン船でも酔いがひどく、吐いて船の底でねていた。

中学校の長崎、阿蘇・別府の修学旅行でもせっかく作ってもらった白いご飯のおにぎり、ゆで卵も食べられず、九州で働いていた大きいお兄ちゃんがわざわざ列車の中まで会いに来てくれたのに、ひと言も話さずがっかりさせていた。乗り物によわく、都会では決して暮らせないと思っていたみっちゃんだったが、初めてのひとり旅、どうにか大阪にたどり着くことができたのだった。

「白衣の天使に憧れて……」

大半のクラスメートは、そうだったのかも知れない。しかし、看護婦という職業のことを何も知らずに試験を受けたみっちゃんは、入学早々に、とんでもない選択だったと気づかされた。

「お姉ちゃんが看護婦に?!」

一番心配してくれたのは、みっちゃんのことをよく理解してくれていた弟だった。だが、もう、引き返すわけにはいかない。学生時代の三年間、大学病院の外科病棟で働きはじめてからも、何度逃げ出そうと思ったことかしれない。

しかし、一人、喜んでくれたのは、母子家庭で育ち、女学校卒業後に何か手に職をつけたいと、看護婦を志望しながらも反対されたというお母さん、そしてみっちゃん自身だったのかもしれない。それは（看護婦の資格だけは取る！）を目標に、三年間、生まれて初めて、真剣に学ぶことができたから。

広島の山間部で、十二人きょうだいの末っ子に生まれたお父さんは、お母さんを早くに亡くし、おばあちゃんにかわいがられ育てられた。しかしながら、ブラジルへ移民し財を成して帰国した年の離れたお兄さんが残してくれたはずの田や畑は、お父さんが疎開して帰ったときにはすでになくなっていた。

自ら開拓地で田や畑をつくらねばならなかったお父さん。大きな蔵もあり裕福だったはずのお父さんの生家は、次々と人手に渡っていった。

戦災で、大阪の、故郷の家さえも失い、まるで文明に閉ざされたかのような生活を選んでしまった両親だった。

子どもの頃から野山をかけ回り、山での暮らししか知らずに、考えたことも想像さえもしなかった看護の道へ進んだみっちゃんだったが、どんなときでも、みっちゃんたちきょうだいの合言葉……、

「タバコつくりのきびしさを知っていたら、何でもできる！」

この言葉に、みっちゃんはどれだけ力強くはげまされてきたことだろう。

――エピローグ――

還暦を祝う、みっちゃんたちの同窓会でのことだった。幹事の一人からあいさつがあった。

「六年生のときに担任だった先生おふたりはすでに亡くなられ、一年生から関わりのあった先生の消息をたずねたところ、ただひとり、宮城先生がご健在で、今日は、福山から来ていただきました……」

「宮城先生？　福山から？」

みっちゃんは、いっしゅん、だれのことなのか分からなかった。

「皆さんのこと、みっちゃんのことも、よくおぼえていますよ！」

にこやかな笑顔で先生から名前を呼ばれて、もつれていた糸が解きほぐされたかのようで、先生にたずねていた。

「福山の鞆の浦の海で、海水浴を計画してくださった福崎先生ですね。いつも、朝、後ろの方から自転車で追い越されては、遅刻するぞーと声をかけてもらっていた……」

宮城先生、旧姓福崎先生は、みっちゃんの二年生の時の担任で、大きいお兄ちゃんが大阪から疎開して通った高校の同級生でもあった。

高校を終え、成績優秀だったお兄ちゃんは、働いて給料の大半をみっちゃんたち家族に送ってくれていた。お盆や正月休みにはいつもお土産、羊羹《ようかん》や甘納豆、コーヒー豆等を持って帰り、トランジスタラジオを組み立て、百人一首やトランプ遊び、ハーモニカを吹いて色んな歌を教えてくれた。生まれた大阪の、故郷をなくしていたお兄ちゃんは、わずか三、四年過ごしただけなのに、まるで故郷かのように、高校の同窓会にも顔を出していたのだった。

お兄ちゃんが話してくれたことがある。

「福崎先生は、鞆の浦の学校にかわっていったが、この学校に残っていてくれていたら、みっちゃんたちへのいじめも少しはましだったのかな?」

帰省のたびに先生とお兄ちゃんは、臨海学校の話や、みっちゃんが看護婦になったことなどで盛り上がっていたことを知った。


おなじ頃、ひとりの年配の男性が、みっちゃんの故郷の家をたずねてきてくれた。

「ずいぶん前に、中学生のとき、この辺で井戸掘りをしたことが……」

「瀬長くんですか?」

今も田舎で暮らし、当時、小学三年生だったみっちゃんの弟は、『井戸』と聞いただけで、すぐに、あの、瀬長くんだと気づいたらしい。

瀬長くんは、井戸掘りを手伝ってくれて間もなく、そのころ、地方の多くの中学生がそうであったように、就職で故郷をはなれていったそうだ。ご両親も亡くなり、お墓参りにと、通りがかりに訪ねてきてくれたのだった。


「この辺の家で、井戸を……」

瀬長君がいぶかしく思ったのも無理もないこと、みっちゃんが育った田舎は大きく様変わりしていた。とがった岩がむきだしになり、岩の上に道がある……そんな風だったデコボコの道。自転車で高校に通った頃は、まるでレーサーのようにタイヤを石にぶっつけ飛びはねては転び、パンクをなんどもくり返していた、かつての道は舗装され、人ひとりしか歩くことができなかった山道のすぐそばを、車も走るようになっていた。

様変わりしたのは道路だけでない。山や田や畑、あたりの風景が何もかも……。子どもたちにお腹いっぱい食べさせたいと米作りに励んでいた田は、荒れほうだいの休耕田に。貧しい暮らしの中でも、秋には少しだけリッチな気分にさせてくれた、あの松茸山。農作業に追われる暮らしの中でも松茸採りを楽しみ、みんなで食べた、牛肉の油カスと、山ほどの松茸のスキ焼き。みどり豊かだった故郷の山は、いつの間にか、松くい虫の被害ですっかり姿をけしていた。毎日元気に走ってかよった、あのクネクネ曲がった山道。その跡かたすらもなく、四百人近くもの生徒がいた、小学校はすでに廃校となっていた。

思い出いっぱいの吉野小学校。鞆の浦の海での海水浴、家には宿題をする机も灯りもなく、勉強も人と話すのが苦手だったみっちゃんに、五、六年生のときの担任高崎先生は、放課後、勉強やそろばんを教えてくれて、算数を大好きにしてくれた。卒業式の謝恩会のときには、講堂の壇上《だんじょう》から、みんなにお礼のあいさつもさせてくれ、お母さんに、「大きな声で上手に話していたよ」と、ほめられたことがいくつになっても忘れられない。

歩いてでも通学できる町に高校があったからこそ、みっちゃんたち七人きょうだいが通うことのできた、母校の上下高等学校。その頃、近隣の町から電車通学をする生徒もいたので、九百人もの多くの生徒たちが学んでいた。しかし、今は、全校生徒九十名と、廃校も危ぶまれていると聞いた。

「あのときの、うどんはおいしかった」

瀬長くんは、井戸掘りを手伝ってくれたときに食べた鍋やきうどんをおぼえてくれていた。

「井戸を掘るのはとても力のいる仕事。二人には、卵をはりこんであげて！」

お母さんは、井戸掘りをしてくれる中学生のふたりを、いつも気づかっていた。

「鍋やきうどんって、何？」

瀬長くんは、一人用の小さな鍋で煮た「生の玉うどん」を食べるのは初めてみたいだった。お兄ちゃんと、熱々のうどんをフーフー、おいしそうに食べ、まるで「鍋やきうどん」を楽しみに手伝いに来てくれているかみたいだった。

食べ物に不自由する毎日でも、みっちゃんの家はハイカラな面もあった。大阪で、お父さんは卸売《おろしうり》市場で働き、魚もあつかう食料品の店を持っていたのだ。役所に勤めていたお母さんと五人の子供たち。おばあちゃんが家事を引き受け、八人の家族が何不自由なく暮らしていたのだった。幸せそうなセピア色の家族写真。お姉ちゃんの七五三のときのごうかなふり袖姿。家族旅行の写真。みっちゃんには、とうてい信じられないことばかりだった。

戦後、山を開墾し、農作業に山の仕事、それらはみな初めてのことばかり。生活につかれはてた両親は、大阪に帰ることをいつも考えていた。米も麦もなくなるとけんかも絶えなかった。都会育ちだった子どもはいじめにあい、大きいお兄ちゃんは授業料が払えず留年し、翌年も卒業式にも出られず、自分で働いてお金を納めて、ようやく卒業証書をもらったのだった。

生まれたときから山の中で、電気もなく水にも不自由する暮らしをしていたみっちゃんにとって、貧しさや不便さはそれほどのことでもなかった。けれども、年齢の高い子どもほど、あまりにも大きな生活の変化は、つらくてきびしいものだった。

いつか、お姉ちゃんたちが言っていた。

「学校に行かなくてもいい。子守でもなんでもするから、大阪に帰ってほしかった」

「みっちゃんたちは、いいよね。お母ちゃんが参観日に来てくれて、いじめっ子に、腕をへし折る！　って、怒ってくれたんだから。私たちのときには、参観日に来てくれる、そんなよゆうもなかった……」


「お金もうけの下手なお父さん」

それは、いつのころからかの、お母さんの口ぐせだった。朝早くから夜なべまでして働くお父さんなのに、なぜ家にお金がないのか、みっちゃんはふしぎでたまらなかった。

大阪に戻ることをすっかりあきらめた昭和三十七〜八年頃、大阪で働いていたお姉ちゃんたち三人は、かつて、お父さんといっしょに仕事をしていた仲間に招待されたことがあった。友達の一人は、街で大きなビルを持つ会社の社長さんになっていた。応接室に通され、秘書の人にお茶を入れてもらい、高級レストランでごうかなご馳走！　まるで別世界で暮らす人たちのことだと思ったらしい。

それまで、大阪での暮らしのことはあまり聞いたこともなく、農作業に山の仕事と、毎日働

く お父さんの姿しか見たことがなかった。

そのとき、はじめて、みっちゃんは、お父さんにも輝いていた時代があったことを知ったのだった。

みっちゃんは聞いたことがある。

「お父ちゃん。どうして大阪に帰らなかったん？　後悔しなかった？」

「あの空襲の焼けあとはひどかった。大阪と田舎を何回も行き来した。街中の焼けあとにバラック建ての家がならび、お父ちゃんの持っていたお金でも買えそうな土地が安く売られていた。だけど、迷った。帰る家もなく浮浪児となり、人の物を盗み、逃げまどう子どもを何度も見かけた。あの環境に、七人の子供たちを、どうしても置けなかった」

「実直で、正直なだけが取りえのお父さん」

お母さんの、お父さんへの評価を思えば、それは、当然のことかもしれない。


人にはだれでも、一度や二度は大きな人生の分かれ道がある。右に？　左に？　と迷うことも……。時代の流れに逆らわず、あえて苦難の道を選んだかのような両親だった。

いつか、お父さんとお母さんがしみじみ語り合っていたことがあった。

「七人の子どもが横道にもそれずに元気に育ってくれた。それでいいんじゃないかな」

ふたりが選んだ「道」は、決してまちがっていなかった。

みっちゃんは、ずーっと、そう思っていたよ。

だって！　春はいつも忘れずに、やってきてくれたのだから。

しっかり者のお母さん。ダジャレが好きで、少したよりなさそうな、お父さん。みっちゃんには貧しい暮らしの中でも、いくつになっても、胸にじーんとくるような思い出をいっぱいもらった。


遠い、遠〜い日に、みっちゃんの入学式に学校まで届けてくれた、思い出のランドセル。その赤いランドセルをひとり背おい、スキップして帰ったみっちゃん。

毎年、毎年、桜の季節がめぐってくるたびに、新一年生のま新しいランドセル姿を見ると、みっちゃんの胸はキューンとして、たまらなくなってくるのだった。


「みっちゃーん！」

なんて、なつかしい、心地よいひびき！

「みっちゃんが汲んで来てくれた水は、冷たくて、おいしい！」

「電気がきとらんでも、ラジオを聞くことができる！　みっちゃんはかしこい！」

「みっちゃんをいじめる子は腕をへし折る」

「バナナの皮でしりもちつくんかな？　みっちゃん！」

「みっちゃんー。着替えの服を持ってきているからなー。手伝ってやー」

うれしい、楽しい、悲しい、苦しい、どんなときでも、「みっちゃん」と呼ばれ、ふり向くと、そこには、いつも、お父さん、お母さんがいてくれた。


みっちゃんは忘れない。

あの高野槇、紅葉の木のそばに、おいしい水が湧き出ていた井戸があったことを。そして、井戸を掘ってくれた人たちのことも。

「井戸掘りで何か事故がおきたときには、お父さんの責任で罰《ばつ》を受けますから」と、平井さんにお願いしてくれた、お父さん、お母さん。

みっちゃんたち子どもをあたたかく見守ってくれていた先生たち。

何よりも、貧しい苦しい生活の中でも笑顔でしんけんに、土地を開墾しながら生きた家族たちの生活を。

あとがき——コロナ禍の今、未来ある子どもたちへ

二〇二〇年一月、武漢から世界中に広がったコロナウイルス感染症のことを知ったときはおどろいた。それは、三月末発の「北京、万里の長城ツアー」を申し込んだばかりだったこともあり、世界地図を広げて（武漢と北京は離れている？　まだ、三か月先のこと！）と、旅が中止になるとは考えてもいなかった。

しかし、コロナ感染者、亡くなった人も増えていき、八月開催だったオリンピックは延期に。そして、過疎《かそ》地の町や村の学校もいっせいに休校となった。

それぞれの子どもたちは、節目となる卒業式、入学式は見合わせられ、思い出つくりには欠かせない夏休みは短くなった。修学旅行や林間学習なども取りやめられ、オンライン授業などと、これまで考えてもみなかった、大人も子どももみんな自粛《じしゅく》生活がはじまった。

ふと、思った。

もし、みっちゃんの子ども時代に学校が休みになり、少しだけ苦手だった脱脂粉乳のミルクとパ

ンだけの給食でも、食べることができなくなったとしたら、さびしくて、悲しくて、いやだっただろうな……。毎日どんな思いで、どうやって過ごしたのだろうか。

人里はなれた山の中での貧しい暮らし、マスクやアルコール消毒もなければ手洗いをする井戸水も水道もない、電気も灯らない生活の中で育ったみっちゃんだったが、看護婦となって七年間大学病院で働き、その後も三か所の職場で三人の子育てをしながら定年退職まで働くことができた。また、その間、二十代の終わりの頃に「スイス・フランス・ギリシャ三か国ツアー」で海外の旅にみせられ、主に仕事を終えてからになるが、ヨーロッパ、アジア、アフリカ、中近東、オセアニア、アメリカ、中南米、シベリア鉄道など、九十か国近くの世界の旅を楽しむことができた。

子どもたちとの関わりでは、三十年前、一時保護施設で出会った子どもたちのことが思い出される。みっちゃんの子ども時代とはずい分ちがい、豊かになっていたはずなのに、施設での子どもとの出会いは、とうてい忘れることができない。

まだ、夜も明けぬ公園のトイレの前で、保護された五歳くらいの女の子。着がえもできて、はしも上手につかい、とても利発そうな子どもだった。職員の問いかけにも、理解はしていたみたいだが、口を閉ざしたまま、ひと言も話すことなく、新しい名前をつけてもらい、子どもの施設に行った。

家出をくり返し、お正月前の餅つきの日に万引きをして保護された中学生の男の子。家では食事を与えられていなかったらしい。

「この餅、ほんとうに全部食べていい？」

お腹もすいていたらしく、目をキラキラ輝かせ、つきたての、きな粉・あんこ餅・しょう油餅などをおいしそうにパクついていた。まるで、子どものころの、みっちゃんだった。しかしその夜、男の子は無断で飛び出して、行方《ゆくえ》不明になったことを知った。

家庭でまんぞくに食事も与えられず、熱湯をかけられ全身やけどでケロイドも痛々しい、虐待を受けていた子、家にも学校にも居場所がなく、家出、万引きをくりかえし、不登校や性非行に走っていた子どもたちを目にしながら（なぜ？）という思いをいだき続けた十五年間だった。

これから、もしコロナ禍で休みが続いたとしたら、とくに、家庭や学校で問題をかかえている子どもたちは、いったいどうやって過ごすのだろうか。夏休みになると、給食が食べられなくなるので、体重が落ちる子どももいると聞いたことがある。

海外を旅しても、どこを歩いても、いつも気になるのは子どもたちのことだった。

念願だったネパールの旅で出会った子どもたち。

エベレストビュートレッキングでは、山地で暮らす人たちの村から村へと、高地を目指して歩いていく。標高五千メートル近くの地から遠望にエベレストピークを眺めたときの感動は忘れられない。そして、山歩きで出会った子どもたちは、みっちゃんの子ども時代にタイムスリップさせてくれた。

標高、三千メートル前後の高地で暮らす家族と子どもたち、大自然に囲まれとても長閑《のどか》な暮らしに思えた。しかし、山を歩く人たちにアメやチョコレートなどのお菓子をねだり、かつてはなかったむし歯で困っている子どもがいることも知った。山の家から病院へ行くのには、だれでもみんなヘリコプターか歩いて山を下らなければならない。

山から山へと急な坂道をフーフー言いながら登っていると、後ろから大きな声で「ナマステ～」とあいさつしてくれて身も軽くとぶように追いぬいて、山道をのぼりくだりし、学校へ通っていた子どもたち。みんなまぶしいくらいに目を輝かせていた。

高地の段々畑に植わっていた、緑も鮮やかな稗畑。稗は、日本では抜いても刈り取っても、稲の穂より大きく伸びるので困っていた。けれども、標高の高い土地ではお米は育たないらしく、どんな環境でもたくましく生きる稗を食料として育てていたのだ。

岩や石ころゴロゴロの山道を歩きながら心いためることもあった。私たち八人の荷物や食料品などの重い荷物を背おい食事の準備もしてくれる少年、少女のようなシェルパーさんたち。水筒と着がえだけを入れたリュックひとつで、フーフー言いながら歩く私たちは登山靴なのに、彼らはゴムぞうりだった。雪も残っていた高地の峠《とうげ》越えで、「運動靴がほしい」と言われて、その時、彼らはゴムぞうりで山を歩いていたことを知った。

そういえば、みっちゃんたちも、石ころだらけの山道、砂利道の道路をゴムぞうりで走って学校へ通った。冬になるとようやく黒色の短靴、長靴を買ってもらっていた。小学生のころは、運動靴も靴下もはかず、砂利道でつまずいては転んで、膝はいつも傷だらけだったことを思いだしていた。

山道を上りきった丘の上で、寺子屋のような小さな学校を見つけ、小学生から中学生、十数人の授業を見せてもらったことがある。私たちからのノート、鉛筆やクレヨンなどの土産を喜んでくれ、次の村に向かう私たちに、いつまでも、いつまでも手をふり見送ってくれていた子どもたち。

桃源郷のような村々を歩いていると、どこで出会っても子どもたちはいつも笑顔だった。

ネパールでは数年前には大きな地震もあった。自分の足で歩かなければどこに行くこともできない彼らは、今、あの高地でどうやって過ごしているのだろうか。私たちに同行してくれた五人のシェルパーさんは、トレッキング出発地のルクラに、それぞれ二〜三日間歩いて集合したと聞いた。


インド、バナーラスでの子どもたちとの出会いも心に残っている。

観光地では、幼い子どもたちに絵葉書やおもちゃなどを買ってほしいとせがまれ、現地ガイドさんからいくら追いはらわれても、子どもたちはいつまでも追いかけてきていた。

一番心をいためたのは、やはり、バナーラスの火葬場でのガートの光景。

聖なるガンガーでの沐浴に、民族衣装で着かざった人たちのかたわらで、まだ煙ものぼる火葬場の中を裸で歩きまわっていた幼い子どもたち。ガイドさんから何かお金になるものでも探しているのだろうと聞いた。三輪車のオートリク車で通学する制服姿の子どもたちから、笑顔で手をふってもらったばかりだったので複雑だった。

野生のゾウを見たいと、五歳の孫と私たち夫婦のスリランカの旅。お母さんと、三輪車のトゥクトゥクで通学する民宿の一年生の女の子のクラスの授業を見学させてもらった。

学校では職員室にも案内してもらい、先生や子どもたちも大歓迎してくれた。保護者のお母さんたちは毎日交代で子どもたちのクラスに入り、教室の掃除をしたり先生にお茶をいれたり、絵や展示物を掲示するなど世話などもしていてとても和《なご》やかなようすだった。

日本の子どもたち、ネパールの子どもたち、インドの子どもたちともずいぶんちがう、スリランカでの学校生活をかいま見せてもらい、ほほ笑ましく思った。

サプライズの出会いがあった東欧四か国めぐりの旅。偶然がかさなり、ルーマニアのピエルタン要塞《ようさい》教会で、英国のチャールズ皇太子を三度もお迎えしていた。そして、帰り際に私たち日本からの旅人四人に向かい歩いてこられ、一人ずつに握手、握手……。車中の人となられてからも、なお、自ら窓を開いて手をふって、夢のような出会いのプレゼントをもらったのだった。

世界一長い、シベリア鉄道横断の旅。ウラジオストクからモスクワまで九二五八キロの、六泊七日の車中泊。列車は昼夜ひたすら走る。外気はマイナス十五度、氷の上で魚釣りをする人たち。線路のそばには凍土が見え、大河の氷は盛り上がり、どこまでも、どこまでも広がる平原。私たちは、イルクーツクで途中下車し、氷の海のバイカル湖に向かうも寒さと強風で早々に引き返した。

モスクワからはサンクトペテルブルクにも足をのばし、寒さに震え自然の厳しさを体験した旅だった。

二十代の終わりころに、初めての海外旅行で感動したモンブラン（四八一〇メートル）の雪山。フランスのシャモニーからロープウェイでエギーユ・デュ・ミディの展望台（三八四二メートル）に上り、モンブランのピークや四方パノラマの景色に魅せられ、ゴルナグラードからはマッターホルンや氷河をながめ、グリンデルワルトでは、アイガーのそばでお花見ハイキング等を楽しんだスイスの旅。

ちょっぴりマツタケの頭にもにている、カッパドキアの奇岩、キノコ岩が見たくて、旅したトルコ。残念ながらキノコ岩はすっぽり雪をかぶっていたが、三回目にして、ようやく気球からキノコ岩の山々をながめながら一時間半の空の旅。いろんな国からのお客さんを乗せた、八十数個の気球となかよく、青空の中をふわ〜り、ふんわり、ふ〜わ〜り。キノコ岩のそばで夢飛行を楽しんだ。

モロッコではサハラ砂漠で一時間半のラクダの旅。つかの間の隊商気分を味わった。砂地でのテント泊は冷えこみもきびしかったが、砂丘から眺めた夕日、日の出、どこまでもどこまでも広がる砂丘。言葉では言いあらわせないほど、ただただ感動。どこを歩いても異文化体験の旅だった。

思い出の多い、二〇一四年のイスラエル、ヨルダン・ペトラ遺跡巡りの旅。

それは、中東の歴史、情報にもくわしく、かつてこの地をバックパッカーとして一人旅をしていたKさんが企画してくれたからこそ実現できた旅だった。

はじめ、エジプトのカイロからシナイ半島へ向かい、そこからエルサレムに入国予定も、エジプトの渡航注意情報が外されず、ヨルダン・アンマン往復ルートを利用することになった。アンマンからイスラエルへのキングフセインでの国境越えは入国審査もきびしく、ひやひやドキドキの緊張の連続だった。

エルサレムは、ユダヤ教、キリスト教、イスラーム、どの信者にとっても聖地。私たち十人のメンバーは、エルサレムで八日間滞在した。朝夕、嘆きの壁を訪れては旅できることに感謝し、無事旅が終わりますようにと、お願いをしていたみっちゃんだった。そして、死海、マサダ、ヘブロン、パレスチナ自治区内にあるベツレヘムにも足をのばした。

パレスチナ自治区内にある、ベツレヘムの分離壁近くを歩いていると、突然、黒い覆面の目だし帽をかぶった若い男の子たち数人。パトロール中の車に石を投げては、追いかけられ逃げ回っていたのに遭遇した。その後すぐに、急ぎ町をぬけ出して、私たちは無事エルサレムに帰ることができたが、宿泊していたホテルでは銃声も聞こえ、緊張したエルサレムでの八日間だった。

ヨルダンのペトラ遺跡へは、イスラエルからアカバで二泊して向かった。

ペトラは、紀元前四世紀から紀元後にかけてアラビア半島から地中海への通商ルートをおさえ貿易で栄えたナバタイ王国の首都。三日間使えるチケットを購入し、岩山をけずりできた迷路のような道「シーク」や、岩々をくりぬいた建物群の遺跡の中をくまなく歩いた。

中でも一番の見どころは、映画、インディ・ジョーンズの「最後の聖戦」のロケ地にも使われ、岩山をくりぬいた建物、エルハズネ（宝物殿）。向かいの岩山にも登り、上から、下からと、エルハズネをなんども眺めては、王家の墓、コリントの墓、大神殿、洞窟博物館、ローマ劇場や古代都市のある遺跡の中をあきることなく歩いた。かつて、この地は通商ルートとして栄えた町。長い間に、この道を、どれほど多くの人たちが歩いたことだろう――。過ぎし遠い日を思いめぐらしていた。

びっくりするようなことにも出遭った。長閑な広い遺跡の中を歩いていると、学校らしきものは見あたらないのに、どこからか、可愛らしい制服姿の小学生の女の子四人が現れた。「どこから来たの？」「日本から」等と話していると、突然、女の子たちは大きな声で、「お金をちょうだい。お菓子をちょうだい！」と追いかけてきて、あわてた。仕方なく、キャンディを袋ごと渡すと、四人でのキャンディ取り合いの激しかったこと！　女の子たちの目的が、お菓子だったことを知り、私たち女性二人、ほっとしたものだ。

今、エルハズネのあるペトラ遺跡あたりは、コロナ禍で観光は制限されているらしい。何百年もの長い間忘れ去られていた古代都市、ペトラ遺跡。岩をくりぬいた建物、シークには、天然のバラ色のグラデーションのかかった岩肌の、長さ一・五キロの天然の渓谷がある。古《いにしえ》に、すでに、洪水が流れ込まないよう水路の溝も作られ、流れ落ちた水は、ダムでためられていたのだ。

ツアー旅行ではとても経験できない旅を、企画してくれたKさんに感謝の気持ちでいっぱいだ。

「バナナのなる国へ行って、思いきりバナナを食べてみたい！」

幼いころからのみっちゃんの夢だった、「バナナ」。いろんな国で食べさせてもらった。

みっちゃんが、生まれて初めて見て泳いだ鞆の浦の海！

世界中の海を見てまわってきた。インド洋、アドレア海、エーゲ海、カリブ海、バルト海、グリンランドやアイスランドからは北極に近い海……。

南アフリカのケープ半島、喜望峰からは大西洋をのぞみ、南米旅行では、南極にいち番近いアルゼンチンのウシュアイアから、太平洋、大西洋を眺めながら、「いつか、南極にも行ってみたい！」

そんな望みもわずかに残している。

いつか見たいと、長い間さがしていたタバコ畑。日本では一度もみかけることはなかったが、メキシコ、ドミニカ、キューバの旅で、タバコ畑にようやくめぐりあうことができた。

ハバナからバスで約二時間。タバコプランテーションに着くと、いきなり、目の前には、大型のトラクターのそばに、広いタバコ畑！　そこでは、苗を植えかえしたばかりなのか、茎も葉もまだ小さい、青々としたタバコの葉っぱ！　ただただなつかしく、山を耕し、苦労してタバコを育てていた、両親、姉、兄、弟たちを思いひとり涙ぐんでいた、みっちゃんだった。

だけど、キューバのタバコ畑は明るかった。どこまでもどこまでも広がる畑に、太陽の恵みをいっぱいうけて、まだ丈も短かったタバコの葉は、まるで天までも伸びていくかのようだった。

半世紀以上も前のことになるが、

『これからは、ウイルスとの戦いになる！』

看護学生のとき、微生物学の授業で教わったことが昨日のことのように思いだされる。

未だ、世界で終わりの見えないコロナウイルス感染症。これからも、まだまだ、きびしい日々が続くのかもしれない。だけどみんな負けずに、助けあって仲良く勉強してほしい。

未来ある、子どもたちにエールを送りたい！

「きっと、今までのように走りまわって、大きな声で笑って、いっぱいおしゃべりもできる日がくるよ！」

運動会や遠足に修学旅行。夏休みには海や山に海外へも……。友達や家族との旅行。世界中の大人も子どもたちも、マスクを外して、過ごせる日が早くきてほしい！

おわり

著者プロフィール
奥田 詳子（おくだ さちこ）
昭和22年生まれ。

広島県出身、大阪府在住。

大阪大学医学部付属看護学校卒業。

尚、昭和45年～医療技術短期大学部看護学科→平成10年から医学部保健学科看護学専攻となる。

本文イラスト　noriko

みっちゃんの、春・夏・秋・冬物語

2021年４月15日　初版第１刷発行

著　者　奥田 詳子
発行者　瓜谷 綱延
発行所　株式会社文芸社
〒160-0022　東京都新宿区新宿１－10－１
電話　03-5369-3060（代表）
03-5369-2299（販売）

印刷所　株式会社フクイン

ISBN978-4-286-22522-7